古典詩歌研究彙刊

第三輯

龔鵬程 主編

第 6 冊

杜甫詩之意象研究

歐麗娟 著

國家圖書館出版品預行編目資料

杜甫詩之意象研究／歐麗娟 著 — 初版 — 台北縣永和市：花
木蘭文化出版社，2008〔民 97〕

目 2+162 面：17×24 公分
（古典詩歌研究彙刊 第三輯：第 6 冊）

ISBN 978-986-6831-83-6（精裝）
1.（唐）杜甫 2. 唐詩 3. 詩評

851.4415 97000342

ISBN 978-986-6831-83-6

古典詩歌研究彙刊
第三輯 第 六 冊   ISBN：978-986-6831-83-6

杜甫詩之意象研究

作　　者　歐麗娟
主　　編　龔鵬程
出　　版　花木蘭文化出版社
發 行 所　花木蘭文化出版社
發 行 人　高小娟
聯絡地址　台北縣永和市中正路五九五號七樓之三
　　　　　電話：02-2923-1455／傳眞：02-2923-1452
電子信箱　sut81518@ms59.hinet.net
初　　版　2008 年 3 月
定　　價　第三輯 20 冊（精裝）新台幣 28,000 元

杜甫詩之意象研究

歐麗娟 著

作者簡介

歐麗娟，臺灣大學中文研究所碩士、博士。曾任私立靜宜大學副教授，現任國立臺灣大學中文系副教授，從事唐詩、紅樓夢研究。著有《杜詩意象論》、《唐詩的樂園意識》、《李商隱詩歌》、《詩論紅樓夢》、《紅樓夢人物立體論》；編著有《唐詩選注》、《歷代詩選注》（合著）、《大唐詩魁——李商隱詩選》，以及其他包括杜甫詩乃至唐詩中之親子關係與女性形象研究系列等論文十數篇。曾多次獲國科會甲種研究獎勵與專題研究計畫補助。

提　　要

　　本書為碩士論文之增訂版，內容以杜詩之意象主題為核心，突破過去零星、片段的研究方式，而以系統的、集中的、具方法意識的探索入徑，為歷來豐碩的杜詩研究提供另一個探索的範疇與成果。

　　第一章，首先針對「意象」一詞追本溯源，其次對意象的構成、傳示與評價進行解析，據此再將「意象」與「象徵」作一釐清。

　　以下兩章則選擇杜詩中質量條件兼具的重要意象進行具體分析，並置諸自《詩經》以下的詩歌史中加以比較。第二章以竹、花、月三種靜態的植物意象為分析主題：第一節「竹之意象」，是杜甫堅貞自守的人格表現，其中蘊含了詩人深刻的「存在自覺」與高度的「倫理抉擇」。第二節「花之意象」，杜甫將花朵與時間範疇中的「消逝性」相結合，表露生命中深沉之「界限經驗」。第三節「月之意象」，一反早年承續六朝的寫作傳統，在安史亂發後月成為杜甫之心靈狀態與生命情境的形象化表達，顯示的是一種非獨寫實的「純粹空想的造型」。

　　第三章以鷗鳥、大鯨、鷙鳥三種動態的動物意象為論述焦點：第一節「鷗鳥意象」，恰恰足以勾勒杜甫整個人生歷程發展變化的軌跡，六個生命階段的區分與解析正建構出杜甫全幅人生的心象圖景。第二節「大鯨意象」，其寓意一是用以呈現杜甫追求「才雄勢大」之大生命的充分體現，一是用之以象喻杜甫自己在方法上兼擅博採、氣勢上雄渾偉壯的詩歌創作理想。第三節「鷙鳥意象」，展現出杜甫一生熱烈剛直、豪邁放曠的性情，以及嫉惡如仇、行俠仗義的理想，是杜甫在奉守儒業、溫柔敦厚之外的另一面向。

　　第四章，從構句、用字等形式的範疇，討論杜甫塑造意象時在字句結構上獨特非凡的創格：其一，為了突顯色彩意象，並呈現人類感官知覺過程中「先感後知」的發生順序，杜甫以倒裝法塑造「顏色字——其他存在狀態——物本身」的句式，此乃「多中取一」的倒裝。其二，為了突顯主要意象，並充分開發字質的表現性或內容量，杜甫採取另一種「由一呈多」的倒裝法，打散正常而合理的直述語序，使意象曲折化、複雜化，造成多義解讀的豐富聯想。其三，為了展現物象紛呈、令人應接不暇的感受，杜甫刻意運用「覆字重出之當句對」的句法，在交疊堆砌時兼具疏快迅捷的流動感。

　　第五章，綜合分析杜詩意象的表現特質，首先是其「以情入物」的深厚情感，以及將「浮生之理」與「物理」合一的世界觀，使意象更鮮明而生動；其次，其詩歌意象表現出精微緻密的性質，具備了深沉繁複的暗示性。第三，對一生寂寞地追求「吾道」的杜甫而言，「沉鬱悲涼」乃是流露於意象中的基本情調。

　　第六章，在以上之全部論述的基礎上，透過意象發展史的綜合觀察，可以使杜甫在詩史上「集大成」的地位重新獲得另一種層次的確認。

目次

前 言
第一章 敘 論 ……………………………………… 1
　第一節 研究之動機與方法 ……………………… 1
　第二節 意象之意涵 ……………………………… 6
　　一、意象概念的發展及使用狀況 ……………… 6
　　二、意象的構成、傳釋與評價 ………………… 13
　　三、意象與象徵 ………………………………… 18
第二章 意象主題（上）…………………………… 21
　第一節 竹之意象——堅貞自守的人格表現 …… 21
　第二節 花之意象——「界限經驗」的深層展
　　　　　露 ………………………………………… 36
　第三節 月之意象——心靈狀態與生命情境的
　　　　　形象表達 ………………………………… 50
第三章 意象主題（下）…………………………… 67
　第一節 鷗鳥意象——人生歷程變化的軌跡 …… 67
　第二節 大鯨意象——存在意向與創作理想的
　　　　　具體化 …………………………………… 79
　第三節 鷲鳥意象——快意豪烈的俠義追求 …… 90
第四章 意象塑造之特殊形式 …………………… 103
　第一節 倒裝：色彩意象的突顯 ……………… 105
　第二節 倒裝：字質的豐富表現 ……………… 113
　第三節 當句對：交疊遞進的複合意象 ……… 121
第五章 意象表現之特質 ………………………… 133
　第一節 以情入物——「浮生之理」與「物理」
　　　　　合一的世界觀 ………………………… 134
　第二節 細膩緻密的觀察與表達 ……………… 139
　第三節 沈鬱悲涼 ……………………………… 145
結 論 …………………………………………… 151
參考書目 ………………………………………… 155

前　言

　　「意象研究」在西方是一門蔚然成一範疇的學術領域，發展頗有時日，以此作專家研究者也爲數不少，但在我們的文學研究中卻仍在起步階段；而以杜甫廣受探討的程度，卻也極少有從意象的角度來從事研究者，因此我頗思作一新的嘗試，作爲個人研究的起點。由於無前人規範可循，也由於方法上兼跨「橫向」和「縱向」兩線，範圍廣大，卷帙浩繁，搜求和詮釋備感艱辛，疏漏之處在所難免。希望有機會能更上一層，俾臻完備。

　　論文之完成首先要感謝父母的養育支持，使我得遂己志，無後顧之憂；又承方師瑜惠借書籍，於百忙中親切垂詢，悉心審閱，是所感懷。此外，憶萱於病中勉力協助打字，仁宏除打字之外，又負起所有排版校印的繁重工作，都是令我銘感於心的，謹此致上謝忱。

歐麗娟

民國八十年五月

第一章　敘　論

第一節　研究之動機與方法

　　「文藝創作的過程，實質上即是塑造藝術形象（意象）的過程。」
〔註1〕在一切文藝創作形式中，詩又是以最簡約的語言以營構出內涵
最飽滿的作品，因此詩人對其筆下藝術形象，亦即「意象」之塑造，
尤其可以透顯包涵了作者心靈和語言風格的全幅創作內容，而「意象
研究」也正可作為現代讀者由軸入輻，得其全輪之助緣，以此主徑直
驅堂府，並進而深玩三昧，得以對詩家形成專解。

　　事實上，由於對詩歌中意象表現之認識與重視，意象研究在西方
已成為文學理論、文學批評的一大重點，就此撰成的研究論文亦迭有
所出，成績不容忽視〔註2〕。此點近代學者便已曾指出過：「一般說來，

〔註1〕張少康：《中國古代文學創作論》（北京：北京大學出版社，1983年
　　　　12月），頁53。
〔註2〕例如〔美〕韋勒克（René Wellek）、華倫（Austin Waren）合著，王
　　　　夢鷗、許國衡譯：《文學論──文學研究方法論》（*Theory of Literature*）
　　　　（臺北：志文出版社，1976年10月），其中第十五章所提到的對特
　　　　定詩人的意象研究便有：魯哥夫的《多恩的意象》、施寶琪恩的《莎
　　　　士比亞的意象及其說與人者》、克列門的《莎士比亞的意象》，其他
　　　　還有如霍華貝克的《拜占庭的殿堂》研究葉慈早期作品中的意象轉
　　　　為後期作品中的象徵之類者，不勝枚舉。

西方現代文學批評理論中，對於詩歌方面所最重視的有二點：第一乃是意象（image）的使用，……另外一點西方文學批評理論所重視的則是詩歌在謀篇一方面所表現的章法架構（structure）以及在用字造句方面所表現的質地紋理（texture）。」〔註3〕而中國詩有其淵遠流長的創作歷史，詩歌作品不僅豐富多面，甚且傳達出獨特的人生經驗和美感經驗，為民族人類的寶貴資產，歷來研究者或研究詩人生平，或研究詩文風格及詩歌技巧，以意象為重點的專家研究者卻寥寥可數，若能資借西方的研究方法與成果，適度地運用，不但能推陳出新，一脫前人窠臼，更能以西方批評理論所擅長之精微深入來幫助我們抉發詩歌更豐富的內蘊。「從西方文學理論『意象之使用』一點來看中國舊詩，乃是大可一試的欣賞的新角度。」〔註4〕這便是本文的研究動機之一──開拓古典詩歌研究的新角度。

「藝術作品所提供觀照的內容，不應只以它的普遍性出現，這普遍性須經過明晰的個性化，化成個別的感性的東西。」〔註5〕而「意象」之為體現主體情感與客體景物交融後的形象表現（其詳盡義界參看下一節的分梳），使得客觀界的山川四季、草木鳥獸乃至風雨晴晦之容態，在同一條件下的存在樣貌，卻會由於詩人觀照之角度、情感之質性等個性上的差異而在詩歌中有了高下各別、意趣分殊的不同呈現，也就是心靈活動才是詩歌創作的主宰，賦予作品以各自有別的風格。所謂的「風格」是與意象表現有著密切關連的。一般說來，風格的形成有賴於創作者的精神意蘊與作品的語言結構兩方面的交融，「是一個人要表現自己的意識，要表現自己的思想，而且要用最恰當的媒介來表現它們。」〔註6〕去除了表現的「最恰當的媒介物」──

〔註3〕葉嘉瑩：《迦陵談詩》（臺北：三民書局，1984年1月），頁242～243。
〔註4〕葉嘉瑩：《迦陵談詩》，頁243。
〔註5〕〔德〕黑格爾（Georg Wilhelm Friedrich Hegel）語，引見朱光潛：《西方美學史》（臺北：漢京文化公司，1983年3月），下卷，頁130。
〔註6〕英國藝術評家赫伯·瑞德（Herburt Read）語，引自覃子豪：〈風格〉，收入《論現代詩》（臺北：普天出版社），頁39。

語言文構，則創作者之思想意識與感情便毫無傳達的可能，同時媒介運用之不當，亦將扭曲或偏離創作者所欲展露之訊息。因而論及風格之內涵時，必須兼顧「作者主觀才性所展示的生命之姿」與「作品語文結構所彰顯的藝術之姿」〔註7〕才能不稍偏頗，無失於周全完密。

　　然而，這種「雙焦點的省思法」（bifocal approach）〔註8〕是否在兩方各有所重的情況下仍有一共同的歸集點，於此歸集點上可以同時提領已然化為一股合流的生命與藝術之姿呢？經過一番探索和審視，我們發現「意象」正是構成此一歸集點的主要基礎，意象的形成同時與作者主觀才性、作品語言結構密不可分，換言之，意象與風格有十分密切的關係。就此，袁行霈便直接斷言道：「詩的意象和與之相適應的詞藻都具有個性特點，可以體現詩人的風格。一個詩人有沒有獨特的風格，在一定程度上即取決于是否建立了他個人的意象群。」並且在確立了意象與風格的關係後，他更舉例說明道：「屈原的風格與他詩中的香草、美人，以及眾多取自神話的意象有很大關係。李白的風格，與他詩中的大鵬、黃河、明月、劍、俠，以及許多想像、誇張的意象是分不開的。杜甫的風格，與他詩中一系列帶有沈鬱情調的意象聯繫在一起。李賀的風格，與他詩中那些光怪陸離、幽僻冷峭的意象密不可分。」〔註9〕而杜甫之為詩國中光芒萬丈的集大成與開新者，其詩作中意象之豐富與獨出更是有目共睹，不是簡單地以「帶有沈鬱情調的意象」便可一言以蔽之的。杜甫詩作中之意象究竟如何選擇及營構？這便引發了本文的第二個研究動機——尋找杜甫所建立的獨特、而足以顯發其生命與藝術雙方面成就的意象。

〔註7〕借自蔡英俊：《六朝「風格論」之理論與實踐探究》，臺大中文所68年度碩士論文，頁14。

〔註8〕見〔美〕劉若愚著，杜國清譯：〈中西文學理論綜合初探〉，收入《中國文學理論》（*Chinese Theories of Literature*）（臺北：聯經出版公司，1985年8月），頁306。

〔註9〕兩段引文見袁行霈：〈中國古典詩歌的意象〉一文，收入《中國詩歌藝術研究》（北京：北京大學出版社，1987年6月），頁66。

　　非但如此，杜甫詩中的意象使用所以值得我們探究之故，除了因為其個性風格而產生的獨特性之外，另一個重要原因乃在於他在意象使用上表現出超越前人的開新性格，以及對後世示範了文學經驗中感受與表達的無限可能。劉若愚即曾以杜甫為中國詩歌意象發展上的斷代者，指出：

　　　假如我們將杜甫以前的詩與他的詩和他以後許多詩人的詩加以比較，我們可以看出在意象的使用上有相當的不同。……在早期的詩中，意象的使用傾向於偶然的和簡單的，而在較後期的詩中，往往是有意的和複雜的。而且，在早期的詩中，我們很少看到相同的意象被用於整首詩中，或者不同的意象以聯想密切地結合在一起，而在較後期的詩中，我們遇到持續的意象以及意象在基本上的一貫性。〔註10〕

從杜甫在中國詩歌意象發展上的這個地位來看，不但找出杜詩中持續出現、具有一貫性或具有發展和變化性質的意象是極具開拓的目標，而當我們找到這樣的意象時，除了抉幽發微、找出象徵意義之外，更必須將之置於詩歌歷史之中，對不同時代不同作家同類的意象主題做比較性的探討，期使杜甫在意象塑造上開新的成就與對後世的影響得以彰顯。這裡我們要說明的是，各個時代文學中對意象都有其運用態度、方法和表現，這些自然連接而成一條歷史脈絡，當然並不意味意象表現一定有後出轉精的定則，然則，一方面是「近代學術研究對於語言文學或其他文化現象的研究討論都具有一項方法論上的特點，那就是透過定點上的橫斷（synchronic）與歷史發展上的縱貫（diachronic）的交互運用，而清楚說明某一個問題的全貌。」另一方面劉若愚也已指出杜甫和杜甫之前整體詩歌意象的不同表現，因此，本文的研究法除了運用到一般的主題研究（thematic studies）方法外，也進一步關

〔註10〕引見〔美〕劉若愚著，杜國清譯：《中國詩學》（臺北：幼獅文化公司，1983 年 10 月），頁 173。

涉到主題學研究〔註11〕（thematics or thematology）的範疇。對這兩種研究法的個別定義及彼此間的差別，陳鵬翔在其〈主題學研究與中國文學〉一文中曾有一段說明：

> 主題學是比較文學中的一部門，而普通一般主題研究則是任何文學作品許多層面中一個層面的研究；主題學探索的是相同主題（包含套語、意象和母題等）在不同時代以及不同的作家手中的處理，據以了解時代的特徵和作家的「用意」（intention），而一般的主題研究探討的是個別主題的呈現。……主題學應側重在母題的研究，而普遍主題研究要探索的是作家的理念或用意的表現。〔註12〕

本文主旨即在一方面找出足以透顯詩人意向和理念的持續性意象主題，詳加論；同時依其對前朝的相同主題所作的突破狀況，與其對後代詩人啓發、提昇類似文學經驗的影響，試加比較探討，因此可以說，在方法上是兼採了「主題研究」和「主題學研究」兩類研究範疇的。而東洋漢學界也常用此種研究方法，如吉川幸次郎就曾經舉出杜甫〈曲江三章章五句〉中的「白石」一詞，透過《詩經》以下文學作品的考察，來肯定杜詩的緻密性質，這也給與我們方法上的鼓勵〔註13〕。

　　以下本文便先從「意象」一詞的定義及其相關要項的說明開始，再透過杜甫全部作品，從其繁富多面的內容中找出幾個主要而持續的主題意象依序展開論析，以彰顯其生命存在狀況、世界觀乃至文藝理論等各方面表現；其後並闢一章專門討論杜甫明顯爲塑造意象所作的形式上的改進、努力及其意義，最後以分析杜詩意象的特質做結；結

〔註11〕見蔡英俊主編：《中國文化新論・文學篇二：意象的流變》（臺北：聯經出版公司，1982 年 9 月），導言。

〔註12〕陳鵬翔：〈主題學研究與中國文學〉，收入陳鵬翔編：《主題學研究論文集》（臺北：東大圖書公司，1983 年 11 月），頁15。

〔註13〕詳見〔日〕吉川幸次郎著，孫昌武譯：〈杜甫的詩論與詩〉一文，收入蕭滌非主編：《唐代文學論叢》總第七輯（西安：陝西人民出版社，1986 年 1 月），頁 62～65。

語部分則對全文作一簡單回顧，並以意象塑造的角度來重新肯定杜甫詩在詩歌史上「集大成」的意義。

第二節　意象之意涵

　　「意象」一詞在文學批評和文學理論中有著普遍廣泛的應用和相應的研究。基於任何一種文學概念均有其萌芽、發展的過程，在此過程中必然產生定義與使用上的分歧與多義性，加以中西兩種文學脈絡的先天差別，其對同一概念內涵各有不同的偏重，故而所造成的意義指謂（denotation）之紛雜是可以預想的。因此，在論析杜甫詩之意象前，將「意象」此一概念的語義作一分疏以為論說基礎，乃是有其根本必要的。

　　「意象」一語於中國本有自己的發展歷史，幾經流變之後觀念上已有一特定歸趨；而另一方面，現代的文學研究受西方理論的影響也頗有時日，意象概念早經西人頗為細密精微的分析，其研究篇帙中自亦多有值得借鑑之處，於此，我們當問：自生與他來之間是否能夠取得交融會通，而允許使用者據此融通之處作為論說之出發點，並進而成為抉發詩人詩歌創作深意與美感價值的佐助？本節以下就嘗試分三部分，第一部分探討中國意象概念之發展與使用狀況，第二部分討論中西的意象內涵，第三部分則在確定「意象」一詞的指涉義界後，更進一步說明「意象」與「象徵」的關聯，以證示意象研究具有「基礎性」與「擴展性」的雙重特質，足以為吾人掌握詩人意向與詩歌藝術成就的根據。

一、意象概念的發展及使用狀況

　　就組成「意象」一詞的兩個構成物「意」和「象」而言，明顯有主觀抽象和客觀具象的對立組合關係，正如黃維樑所說：「氣象、意象、意境、情景等詞有一共同特色，就是均為複合名詞，每詞的首字

抽象，末字具象。抽象的是氣、意、情，指作者或作品所蘊含的情意之類的東西；具象的是象、境、景，則爲作品所描寫所經營的景物、事象、境況之類。」〔註14〕意象中所謂的「意」，不外乎情意、意義、意念、心意等可以「意」爲構成要件的詞組所包含的意思，總合起來也就是抽象的主觀情感思致，其義爭議極少；而意象中的「象」字，指的是「形象」之義，唯形象之內容指涉可寬可狹，認知差距頗大，也直接影響到「意象」的定義，因而是釐清的一個重點。

首先，與形象表現有最直接而廣泛關係的，就是「物象」。現實客觀界是由一個個具體的物所構成，所謂山川器物、草木鳥獸之類，都有其色彩線條輪廓等外在形象呈現於人類感官之中，成爲人類認知的初步依據，這種以外在形貌爲人客觀地接收、認識的具體物的展現，就是「物象」一詞的涵義。但是雖然物象在文藝概念中與意象有著緊密且最廣泛的關係，卻也不是意象表現的唯一憑藉。因爲雖然物是構作世界的元素，物象也是人認識世界直接得到的客觀印象，但是世界的存在並不只是一個個單一物，也不是靠物與物靜態地並置羅列所構成，還依其間的交互關係而有種種動態的呈現，所謂：「萬事萬物，當其自靜而動，形跡未彰而象見矣。」〔註15〕即是指這種動態萌生前後顯發的「象」而言；何況即使是同一個靜態物，也有時間因素所造成前後不同的變化，反映於人的接收系統中，也構成形象的感受，如此一來，「形象」的內容也擴及「景象」、「事象」的範圍，於此，我們當討論中國文藝中意象概念發展的「易象」階段所涵攝的指涉。

所謂「易象」，指的是《易經》一書中運用的形象表達。《繫辭傳》曰：「書不盡言，言不盡意，然則聖人之意其不可見乎？子曰：聖人

〔註14〕見黃維樑：《中國詩學縱橫論》（臺北：洪範書局，1977 年 12 月），頁 7。
〔註15〕見清・章學誠：《文史通義》（臺北：臺灣中華書局，1981 年）卷一，頁 6。

立象以盡意，設卦以盡情僞（僞者實也），……乾坤其易之蘊邪！」
〔註 16〕王弼《周易略例》對此有更詳盡的引申：「夫象者出意者也，
言者明象者也，盡意莫若象，盡象莫若言，言生於象，故可尋言以觀
象；象生於意，故可尋象以觀意，意以象盡，象以言著。」〔註 17〕雖
未產生意、象連稱的專詞，但已肯定形象是傳達情實的重要媒介，而
形象之傳達又有賴於言語的塑造，這就形成了言—象—意之間一條追
溯逆求的關係。如此，「形象」已非客觀之存在樣貌，乃是構作於文
字中，負責傳達構作者之意念情志的憑藉，形象也就得到了文字表達
中的主觀生命；這種解釋與詩歌構成方式已頗爲接近；到了劉勰《文
心雕龍》首度使用「意象」一詞時，也就達到了文學中形象思維完成
的初步階段，所以章學誠《文史通義‧易教》下篇曰：「易之象也，
詩之興也。」又說：「易象雖包六藝，與詩之比興尤爲表裏。」以及：
「易象通於詩之比興。」〔註 18〕都指出由易象轉爲詩歌意象的自然演
進之勢。若將以上所言的形象概念以一簡單公式來表示，就是：物象
──易象──意象〔註 19〕。

　　由於易象與意象之間密切的關係，討論構成易象的形象類別，將
有助於我們對詩歌中意象涵義的認識。章學誠即曾說明《周易》敘寫
之形象包涵甚廣，《文史通義‧易教》下篇曰：「有天地自然之象，有
人心營構之象。……心之營構，則情之變易爲之也，情之變易，感於
人世之接構，而乘於陰陽倚伏爲之也。」〔註 20〕表明了自然物象只是
形象表達之一端，並不足以限制形象之內容。若就《周易》之卦爻辭
所敘寫之各種事物形象而言，「我們大致可以將之區分爲三大類：其
一是取象於自然界之物象；其二是取象於人世間之事象；其三則是取

〔註 16〕見《周易王韓注》（臺北：臺灣中華書局）卷七，頁 10。
〔註 17〕見《周易王韓注》卷十，頁 8～9。
〔註 18〕見清‧章學誠：《文史通義》卷一，分見頁 5、6、7。
〔註 19〕此一公式借自張少康：《中國古代文學創作論》（北京：北京大學出版
　　　　社，1983 年 12 月），頁 54。
〔註 20〕見清‧章學誠：《文史通義》卷一，頁 6。

象於假想中之喻象。」〔註21〕三類中後二類的事象和喻象，可以說就是章學誠所謂的「人心營構之象」，能夠經由聯想、想像等作用而構設出來，不必只是反映客觀實在界的摹本。至此，「形象」的表達就可以確定它的範圍類別了。其後在文學批評中所使用的「意象」，基本上也涵蓋了這些用法或種類。

現在，我們來看看歷代對「意象」的運用狀況。劉勰是首先提出「意象」一詞的人，《文心雕龍・神思》篇中曰：

> 使玄解之宰，尋聲律而定墨；獨照之匠，窺意象而運斤，
> 此蓋馭文之首術，謀篇之大端。〔註22〕

這裡的「意象」一詞，指的是構思中的形象，頗能直接傳達情思意想與形象在文學表達上統合為一的關係，較之「易象」一詞更加接近文學的內涵；而且從劉勰在指出聲律為詩文構成的要素之外，也認為「意象」的經營是馭文謀篇的首要大端，可見中國文論家對意象很早便有所認識，並進一步肯定它在文學表現上的重要地位。這種將「意象」與「聲律」並舉，以討論詩文創作的現象，確然是十分值得注意的。至於唐代，王昌齡《詩格》則云：

> 久用精思，未契意象。……搜求于象，心入于境，神會於
> 物，因心而得。

進一步清楚指出詩人在馭文謀篇的過程中，如何「窺意象而運斤」的「術」（方式），拈出「心─神─思」與「物─象」之間投注匯融而形成「意象」的心物關係；而晚唐司空圖在《二十四詩品》中也說：

> 是有真跡，如不可知。意象欲出，造化已奇。〔註23〕

構想中的「意象」雖未化為文字，似乎是不可知的，但其中確有真跡

〔註21〕引見葉嘉瑩：〈中國古典詩歌中形象與情意之關係例說〉一文，收入
　　　　《迦陵談詩二集》（臺北：東大圖書公司，1985 年 2 月），頁 131～
　　　　132。
〔註22〕見梁・劉勰著，周振甫注：《文心雕龍注釋》（臺北：里仁書局，1984
　　　　年 5 月），頁 515。
〔註23〕見唐・司空圖著，清・鍾寶學課鈔：《司空圖詩品詩課鈔》（臺北：廣
　　　　文書局，1982 年 8 月），頁 4。

存在，且直通造化之奇，可見司空圖對意象做為生動地傳達詩歌內涵的依據，也是抱著肯定的態度。除此二家之外，宋明清各代的詩話文論，運用此一詞彙者愈來愈多，如宋《唐子西文錄》曰：

> 謝玄暉詩云：「寒城一以眺，平楚正蒼然。」「平楚」猶平野也。呂延濟乃用「翹翹錯薪，言刈其楚」，謂楚，木叢，便覺意象殊窘。凡五臣之陋，類若此。〔註24〕

這裡的「意象」，是謝朓這兩句詩所呈現的整體形象，也破除了全以「物象」為「意象」的拘限，正符合前文所指出形象的範圍；另外明朝的李東陽《麓堂詩話》、王世懋《藝圃擷餘》、陸時雍《詩鏡總論》和朱承爵的《存餘堂詩話》等都運用過「意象」這個概念：

（一）「雞聲茅店月，人跡板橋霜。」人但知其能道羈愁野況於言意之表，不知二句中不用一二閒字，止提掇出緊關物色字樣，而音韻鏗鏘，意象具足，始為難得。〔註25〕

（二）老杜結構，自為一家言。盛唐散漫無宗，人各自以意象聲響得之。〔註26〕

（三）〈河中之水歌〉亦古亦新，亦華亦素，此最豔詞也。所難能者，在風格渾成，意象獨出。

（四）齊梁老而實秀，唐人嫩而不華，其所別在意象之際。〔註27〕

（五）詩詞雖同一機杼，而詞家意象亦或與詩略有不同。〔註28〕

〔註24〕見清‧何文煥輯：《歷代詩話》（臺北：漢京文化公司，1982年1月），頁447。

〔註25〕見明‧李東陽：《麓堂詩話》，收入清‧丁福保輯：《歷代詩話續編》（北京：中華書局，1983年8月），頁1372。

〔註26〕見明‧王世懋：《藝圃擷餘》，收入清‧何文煥輯：《歷代詩話》，頁778。

〔註27〕以上兩則見明‧陸時雍：《詩鏡總論》，收入清‧丁福保輯：《歷代詩話續編》，頁1408。此外尚有「此皆得意象先，神行言外」以及「實際內欲其意象琳瓏，虛涵中欲其神色畢著」可為例，同書，頁1409、1420。

〔註28〕見明‧朱承爵：《存餘堂詩話》，收入清‧何文煥輯：《歷代詩話》，頁794。本段詩話引文一部分參考張少康：《中國古代文學創作論》，第二章，同註19。

以上五條資料中，第一條資料從音韻鏗鏘和意象具足兩方面來推美詩句，第二條資料也以意象、聲響做爲學詩的兩個入手處，正和《文心雕龍》對馭文謀篇所掌握的兩個方向一致；第三條資料以風格和意象來導引對詩歌的欣賞，讚美〈河中之水歌〉具有鮮明獨特的意象；第四、五條則指出由於時代（齊梁、唐）和體裁（詩、詞）的不同，意象表現也會有所差異，這就掌握到時代傾向和形式構造對意象塑造的影響，可以說，對意象已有較爲整體的認識，了解到意象並無法孤立存在，必須在詩歌整體中才能呈現其風貌，而且也可以透過對不同時代詩作意象的考察，來具體地看出其間差異。這點就頗具比較方法的意味了，正與本論文作法略同。

　　到了清朝，箋注詩文和詩話批評風氣更盛，「意象」一詞使用者增多，對此一術語的詮解也益加明晰，如葉燮《原詩・內篇下》曰：

　　　可言之理，人人能言之，又安在詩人之言之；可徵之事，
　　　人人能述之，又安在詩人之述之；必有不可言之理，不可
　　　述之事，遇之於默會意象之表，而理與事無不燦然於前者
　　　也。……如（杜甫）〈玄元皇帝廟〉作「碧瓦初寒外」句，……
　　　設身而處當時之境會，覺此五字之情景，恍如天造地設，
　　　呈於象，感於目，會於心。意中之言，而口不能言；口能
　　　言之，而意又不可解。劃然示我以默會相（意？）象之
　　　表，……有中間，有邊際，虛實相成，有無互立，取之當
　　　前而自得，其理昭然，其事的然也。〔註29〕

這段話有兩個重點，其一是指出詩歌能夠運用「意象」將不可言述的理、事完足燦然地傳達出來，並使我們經由閱讀活動而有所感受，有所會心；其二是「呈於象、感於目、會於心」的描述，頗能指出由作者到讀者之間的傳釋過程，及意象做爲溝通媒介的重要性。可見葉燮不但掌握到詩歌以意象來感發人心的性質，也更進一步對意象的感發方式有所闡述，這都較前人的評說精密、深入。

─────────────

〔註29〕見清・丁福保輯：《清詩話》（臺北：明倫出版社，1971年12月），頁585。

　　清朝其他以「意象」來評述詩歌者尚有不少，其中自不乏評注杜詩者。試舉數家為例。黃生評〈春日憶李白〉一詩頷腹兩聯之「清新庾開府，俊逸鮑參軍。渭北春天樹，江東日暮雲」曰：

> 此詩本以「清新俊逸」目李，五、六二語不必有意擬似，覺「清新俊逸」四字，意象浮動其間，此以神遇不以力造者也。〔註30〕

指出杜甫以具體景物落實「清新俊逸」這種抽象的形容，使之具有鮮明可感的直接印象，同時此一具體景物也得到情思的染化，而更為靈動；並說「不必有意擬似」、「以神遇不以力造」，都是讚賞杜甫出句渾融，自然照應，沒有刻意雕琢的痕跡，這正與前引葉燮所說「天造地設」一樣，都是意象表現的最高境界。另外，吳瞻泰評〈野人送朱櫻〉之「數回細寫愁仍破，萬顆勻圓訝許同。憶昨賜霑門下省，退朝擎出大明宮」兩聯云：

> 「愁仍破」、「訝許同」，則並「賜霑」、「擎出」意象，已儼然活現矣。〔註31〕

點出杜甫以「愁仍破」、「訝許同」等數語，鮮活地表現出櫻桃之細緻珍貴，及眾人（包括杜甫自己）小心呵護的景象，其狀儼然如在目前；這兩家都是在評賞個別詩例時用到「意象」一詞的。此外羅挺則認為註杜者應以抉發杜詩的意象為目標之一，立場或對象都較為全面化，其曰：

> 提綱挈領，攝魄追魂，意象昭融，法律森列，如取作者悲歌感慨、縱橫跌宕之概，親授於千載以下；又如取讀者流連反覆、冥搜妙會之旨，親炙於千載以前，癥結盡開，神解獨契，則求之千百註杜家而不能得一二。〔註32〕

這就明確地認為，評註者將杜詩中昭融的意象、森列的詩法提挈出

〔註30〕見清・黃生：《杜工部詩說》（京都：中文出版社，1976年6月），卷四，頁195。

〔註31〕見清・吳瞻泰：《杜詩提要》（臺北：臺灣大通書局，1974年10月），卷十一，頁605。

〔註32〕見清・吳瞻泰《杜詩提要》，後序，頁769。

來，將有助於作者精神氣韻的傳達，和讀者吟詠追摹，與詩人遙相契合。這裡將意象與法律並舉，一方面遠承劉勰、王世懋等人對詩歌創作兩個方向的掌握（聲律音韻也屬於詩法這一面），一方面卻也顯示他已注意到杜詩中飽滿渾融的意象表現，並不亞於詩法方面的成就，且進一步期許評註家在徵用故實之外，要以抉發杜詩意象爲主要職志之一，才算鉤元提要，探入根本。這可以說是評注杜詩的一個新方向，羅挺明確提出於清代，是對已漸受重視的意象評析的強化，且與今日文學研究重點似有暗合。與前面列舉的情況合而觀之，可見以意象來論析詩歌創作的潮流逐漸轉盛的軌跡。

二、意象的構成、傳釋與評價

對「意象」概念之發展及使用狀況有一認識後，我們要接著討論意象一詞的定義。

前文已曾約略提及，意象基本上是主觀情思與客觀形象的統一呈現；從葉燮「呈於象，感於目，會於心」那一段話也看到意象的傳釋過程，和它感發人心的效果，但意象塑造又包涵何種意義呢？先看《詩人玉屑》引《金針格》曰：「煉句不如煉字，煉字不如煉意，煉意不如煉格；以聲律爲竅，物象爲骨，意格爲髓。」〔註33〕其中提到的煉句、煉字等字句鍛鍊的工夫，其實一直爲詩家及評詩者所重（如王安石「春風又綠江南岸」的「綠」字幾經改動始定），也是傳達具體鮮明之意象的工夫；另外值得注意的是，這段話除了說聲律是成詩的根本要素，必須「以聲律爲竅」之外，更指出作詩應以「物象爲骨」、以「意格爲髓」，即是以物象爲詩歌構成之支架，其精髓則在詩人之意旨。雖未意、象連稱，其象也拘於物象，但其詮釋已極爲接近「意象」一詞所融攝的兩個方向；這也是劉勰「擬容取心」的另一個說法。

〔註33〕見宋・魏慶之：《詩人玉屑》（臺北：世界書局，1980 年 10 月）卷八，頁 172。

　　《文心雕龍》不但首先使用「意象」一詞，也對意象的構成方法提出周延的說明。〈比興篇〉贊曰：「擬容取心，斷辭必敢。」〔註34〕認爲詩歌中比、興之義要從寫物擬態和寓託心意兩方面同時著手，「擬容」是形象的描寫，「取心」是情志意念的透顯，這與〈詮賦篇〉所說：「情以物興，物以情觀。」和〈神思篇〉所謂：「物以貌求，心以理應。」〔註35〕是一貫的說法〔註36〕。意與象的結合關係和心與物、情與景之間的結合關係是一致的，都牽涉到主客觀間融攝的問題。景物以其客觀外貌爲人把捉，觸發人的情思，雖然有其客觀樣態，但在詩人情志心意的轉化後，已不純然是客體存在，經由「以情觀」、「以理應」的活動，景物就成爲容許我們從中「取心」的意象，而有了擴延的意義。如果再細分這種心物交融的模式，可以得到三種不同的感發方式及表達方式，那就是賦、比、興三義。賦是直接敘寫（即物即心），屬於意象的直接傳達；比是借物爲喻（心在物先），屬於意象的間接傳達；興是因物起興（物在心先），屬於意象的繼起傳達。〔註37〕三種結合方式都是有機的，相偕共融的，正如前引《金針格》所說「物象爲骨，意格爲髓」的關係一樣；而當意象塑造出來後，就能循著「呈於象，感於目，會於心」的傳釋過程，達到傳遞意旨、打動人心的效果。此一過程可試列簡式如下：

　　　　興於情（意）──→呈於象──→感於目──→會於心

前兩項屬意象構成階段，後兩項屬意象傳釋階段。就意象構成階段而言，除了前面所說外，還牽涉到一個問題，即是：既然人心不同，各如其面，所感之物、所選之象也各有所別，因此最能顯示詩人不同的風格或心靈向度。黃侃在《文心雕龍札記》的〈比興篇〉中便指出：「觸

〔註34〕見梁‧劉勰著，周振甫注：《文心雕龍注釋》，頁678。
〔註35〕見梁‧劉勰著，周振甫注：《文心雕龍注釋》，分見頁138、517。
〔註36〕參考張少康：《中國古代文學創作論》的說法，第二章第二節。
〔註37〕此種解釋乃融合葉嘉瑩、王夢鷗兩位先生的看法，前者見〈中國古典詩歌中形象與情意之關係例說〉一文，頁139；後者見《文學概論》（臺北：藝文印書館，1989年8月），頁128。

物以起情，節取以託意，故有物同而感異者，亦有事異而情同者。」〔註38〕這是就構作意象階段而言，其實落實到意象的傳釋上也同樣可以成立，如陳善《捫蝨新話》上集卷一對「物同感異」就有具體的比較：

> 詩人有俱指一物，而下句不同者，以類觀之，方見優劣。
> 王右丞云：「遍插茱萸少一人。」朱放云：「學他年少插茱
> 萸。」子美云：「好（按：當爲醉）把茱萸仔細看。」此三
> 句皆言茱萸，而杜當爲優。又如子美云：「魚吹細浪搖歌扇。」
> 李洞云：「魚弄晴波影上簾。」韓偓云：「池面魚吹柳絮行。」
> 此三句皆言魚戲，而韓當爲優。……學詩者以此求之，思
> 過半矣。〔註39〕

這段話指出兩個重點，其一是，在相同的物象基礎上，由於情意的類別、深淺和字句鍛鍊的高下，使得詩人構作意象時下句不同，因而在傳釋意象上也導致不同的感受，這都屬於所謂的「物同感異」；其二是，陳善以爲將意象表現連類比觀，評判優劣，也是學詩方法之一。雖然優劣難有客觀標準，不過這種比較方法卻指引我們一個研究方向，這點我們在本章第一節已有論述，可互相參看。而優劣之區分，則另外牽涉到意象「感於目，會於心」的傳釋問題了。張戒《歲寒堂詩話》曾說：「人才各有分限，尺寸不可強。同一物也，而詠物之工有遠近；皆此意也，而用意之工有淺深。」〔註40〕就此，梅聖俞所說的一段話可以做爲意象傳達上優劣的判準：

> 詩家雖率意，而造語亦難。若意新語工，得前人所未道者，
> 斯爲善也。必能狀難寫之景，如在目前，含不盡之意，見
> 於言外，然後爲至矣。〔註41〕

這種兼攝了「難寫之景」和「不盡之意」的綜合表現，可以說是「擬

〔註38〕見葉嘉瑩：〈中國古典詩歌中形象與情意之關係例說〉一文，頁125。
〔註39〕引自華文宣編：《杜甫卷：唐宋之部》（臺北：源流出版社，1982年5月），頁333。
〔註40〕收入清・丁福保輯：《歷代詩話續編》，頁454。
〔註41〕引自宋・歐陽修：《六一詩話》，收入清・何文煥輯：《歷代詩話》，頁267。

容取心」的充分發揮，也是意象傳達的最高境界，對意象在感官體驗和心靈體悟兩方面的功能，有了極佳的說明。至此，我們也可以看到，中國文論中已有清楚完整的意象概念，從意象的構成要素、塑造方式、傳釋過程和功能評價等，都有所闡發，足以在意象研究中提供相當的基礎。以下，我們再看看西方文學理論、批評中的意象概念，以為互相發明之佐助。

在西方，「意象」獲得更多的討論。在心理學方面，意象一詞是指過去的感覺或已被知解的經驗在心靈上再生或記憶〔註42〕。這與文學創作是將個人的知覺、經驗的再傳達、再創造，原理頗為接近，於是在專講意象的文論家們就把聯想、想像、記憶等心理學上的名詞，全包括於意象活動內〔註43〕。事實上，這種感官性也是文學論評家在討論意象時都接受的根本特質，例如狄·路易士（C. Day Lewis）便說：「我認為每一個意象——即使是最純粹感情性的或知性的意象——都含有某些感官性的痕跡。」〔註44〕確定這點之後，我們要再看看意象可以有哪些感官的表達。

根據第一個以意象觀念分析莎士比亞戲劇的施寶琪恩（Coroline Spurgeon）的定義，意象是指：「詩人、散文家以文字描繪成的小幅圖畫（the little word-picture），用以解說闡明他自己的想法，潤飾他的想法。作者的看法、設想，言有未盡之處，自有其整體的內涵，自有其深度與豐富的意義，意象就是一種描寫或一種意想，用以把上述的涵意傳達給讀者。」〔註45〕這裡的「圖畫」便是偏重於視覺方面而

〔註42〕見〔美〕韋勒克（René Wellek）、華倫（Austin Waren）合著，王夢鷗、許國衡譯：《文學論——文學研究方法論》（*Theory of Literature*）（臺北：志文出版社，1976 年 10 月），頁 303。

〔註43〕參王夢鷗：《文學概論》（臺北：藝文印書館，1989 年 8 月），第十二章〈意象傳達的層次〉，頁 121。

〔註44〕引自〔美〕劉若愚著，杜國清譯：《中國詩學》（臺北：幼獅文化公司，1983 年 10 月），頁 153。

〔註45〕引自鍾玲：〈先秦文學中楊柳的象徵意義〉，收入中國古典文學研究會主編：《古典文學》第七集（臺北：臺灣學生書局，1985 年 8 月），

言。韋勒克（René Wellek）和華倫（Austin Waren）則指出，在意象的分類中還包括聽覺的、味覺的、嗅覺的、溫度的、壓力的、靜的和動的等〔註46〕，其實也就是包涵一切感官所能接收的感受。這種分類雖較我國文論更為精細，但在範圍上卻是一樣的，亦即「凡是可以使人在感覺中產生一種真切鮮明之感受者」〔註47〕便都是意象的表現。

此外，施寶琪恩在定義裡也指出，意象有傳達意念想法的功能，能把詩人未盡的整體意涵深刻豐富地表示出來，這也就是梅聖俞所說「含不盡之意，見於言外」的意思。因此意象派代表人物之一的龐德（Ezra Pound）也定義道：「意象就是在一剎那間同時呈現一個知性及感性的複合體。」〔註48〕指出意象除了傳達感官感受之外，還要能使人「獲得一種從時空的限制中掙開來的自在感，一種『突然成長的意識』。」〔註49〕這一種意象的綜合性質，克羅齊（B. Croce）曾用「心靈綜合作用」來加以說明，也很值得參考〔註50〕。這些與我們前文所論析的意象義涵可以說是一致的，都兼具抽象和具體兩方面的構成要素和綜合呈現，能夠彼此互相補充。

至於意象使用的模式，西方詩論中有比「賦、比、興」三義更詳盡的分別，如明喻、隱喻、轉喻、擬人、象徵、舉隅、寓托、外應物象等都是〔註51〕，從這些琳瑯滿目的名目中，我們也可以看出意象在

頁 81。

〔註46〕 見〔美〕韋勒克、華倫合著，王夢鷗、許國衡譯：《文學論——文學研究方法論》，頁 303。

〔註47〕 見葉嘉瑩：〈中國古典詩歌中形象與情意之關係例說〉，頁 133。

〔註48〕 引自陳鵬翔：〈主題學研究與中國文學〉，收入陳鵬翔編：《主題學研究論文集》（臺北：東大圖書公司，1983 年 11 月），頁 21。

〔註49〕 陳鵬翔：〈主題學研究與中國文學〉，頁 21。

〔註50〕 參考朱光潛：《西方美學史》（臺北：漢京文化公司，1983 年 3 月），第十九章。

〔註51〕 見葉嘉瑩：〈中國古典詩歌中形象與情意之關係例說〉一文，頁 143～144。施寶琪恩也說：「我的意象一詞包括各種明喻及暗喻。」見張漢良：《比較文學理論與實踐》（臺北：東大圖書公司，1986 年 2 月），頁 363。

西方是受到如何的重視了。其中「象徵」具有更大的外延範圍，與本論文關係密切，我們在下一小節再加討論。

三、意象與象徵

所謂的象徵（symbol）也是一定義紛歧的術語，但在分歧中卻也都包括「以此代彼」的同一性質。如韋勒克和華倫所採用的解釋是：「以此物應於彼物，而此物本身的權利仍被尊重，這恰是個雙重的表現。」〔註52〕不外乎都需具備兩個相應對象的雙重條件才能構成「象徵」的用法。就意象是象徵的基礎而言，一個意象在何種情況下才可以說達到了象徵的層次呢？它和相應對象結合的過程又是如何？首先，韋勒克和華倫的解釋是：「象徵具有反覆的和固定的涵意。如果一個意象一度被引作隱喻，而它能固定地反覆著那表現的與那重行表現的，它就變成象徵。」並且因此導出意象和象徵之關係的一般模式：「當那隱喻是重複而且主要的時候，正常的方式則是意象轉為隱喻，隱喻轉為象徵。」〔註53〕而為區別未轉為象徵的平常意象，又有所謂「象徵意象」一詞的出現〔註54〕。然而經由前文的分析，我們知道意象是形象透過心靈的綜合作用下的產物，特別當此一形象是屬於具體物類時，透過詩人賦予的主觀詮釋之故，其意象化的結果便常同時兼攝了物性及抽象情思或意義的存在，具有表達上的雙重性質，可以像解讀密碼一樣地從中抽繹出它所含蘊的象徵意義。所謂意象和象徵的界限是不明顯的。因此休‧霍爾曼（C. Hugh Holman）便直接定義道：「象徵是一個意象，它能觸發讀者心中客觀具體的事實，而那事實會令讀者聯想另一層涵意。」〔註55〕

〔註52〕見〔美〕韋勒克、華倫著，王夢鷗、許國衡譯：《文學論——文學研究方法論》，頁307。
〔註53〕見〔美〕韋勒克、華倫著，王夢鷗、許國衡譯：《文學論——文學研究方法論》，頁308。
〔註54〕此詞可見鄭樹森編：《現象學與文學批評》（臺北：東大圖書公司，1984年7月），頁14；又見張漢良：《比較文學理論與實踐》，頁364。
〔註55〕〔美〕劉若愚著，杜國清譯：《中國詩學》，頁83。

如此一來，意象和象徵的關係是可以直接同時建立的，並不需要前後多次出現、經過隱喻的轉變過程；而當一意象持續出現時，其象徵意涵也就不限於固定反覆的內容了。

最後，我們應說明的是，一個意象的多次出現，能持續代表某一特定的情志，也能隨著詩人生命境界或感受層次的轉變，而有不同的象徵，兩者都可以成為掌握詩人一生綱要的線索。因此本文論析的意象主題仍以持續多次出現的為擇取標準，一來較具代表性，二來也可免於支零之弊；而我們的探討也將包括詩人情志的抒發、象徵意義的闡釋和藝術的表現各方面，這是在釐清意象和象徵之異同後須附帶說明的。

其次，本論文在方法上和角度上都是新的嘗試，所選擇的意象主題也以能夠反映杜甫不同的情志意向為標準，希望由不同的側面來把握杜甫生命和藝術的境界，以及他在詩歌意象上集大成的意義。維此之故，意象主題的選擇便未及兼顧所有的意象。希望日後能有機會在這個基礎上繼續研究，將未盡之處擴充、發展，使更臻於完備。

第二章　意象主題（上）

　　在進行二、三兩章意象主題的論析之前，首先應說明這些意象主題的選取和分章標準。

　　杜詩中展現的意象包羅萬端，深度和廣度俱十分可觀。選取時為統一起見，以多次而又持續出現的意象作為主題研究的目標；且這些意象主題間又有彼此互異，各別從不同向度傳達詩人之理念或生命狀態的關係，這在前文已曾約略述及。就分章依據而言，首先是基於全文形式均衡之考慮，其次是意象本身有劃分的需要：第二章探討的全以靜物為主，且這些靜物的竹、花、月之意象，又都屬於杜甫前歷代詩作中之所常見，因此併同一處；第三章則以動物為主，而這些動物的鷗、鯨、鷙鳥意象，全都屬於杜甫前的詩人極少措意者，到杜甫手中才成為用意深切的意象主題，故三者歸為一章。以下便析章分節討論之。

第一節　竹之意象——堅貞自守的人格表現

　　自古以來，詩人吟詠多有感物而動的性質，《文心雕龍・明詩篇》曰：「人稟七情，應物斯感，感物吟志，莫非自然。」江山林園自然風物莫不為詩人文思之奧府，提供詩人無數表情達意的具體媒介，其

自身也因詩人情思之附麗而重塑形象，主客觀間相即相融，而共成一詩歌意象世界。在千樹萬木中最常出現詩句中的莫過於松柏桃李和梅柳竹菊等，松柏與竹之堅勁常青，桃李之穠豔易謝，和楊柳之青條飄垂，早已是《詩經》以來文學家詩心所鍾的對象。

隨著文學史的脈絡向下延伸，魏晉南北朝詩歌中以植屬為題材或構詩元素的傳統一直未嘗稍歇，至齊梁詠物詩的興起甚至自成一大範疇，因此它們可說是中國文學的一個重要因子。其中，「竹」也是主要對象之一；對杜甫而言，更是我們據以探尋其人格感情與藝術成就的重要線索，因此是一個值得探討的意象主題。

在文學史上，最早出現「竹」之意象者當數《詩經》。〈衛風・淇奧〉篇曰：

> 瞻彼淇奧，綠竹猗猗，有匪君子，如切如磋，如琢如磨。
> 瑟兮僩兮，赫兮咺兮，有匪君子，終不可諼兮。
> 瞻彼淇奧，綠竹青青，有匪君子，充耳琇瑩，會弁如星。
> 瑟兮僩兮，赫兮咺兮，有匪君子，終不可諼兮。（三章錄二章）

《詩序》以為：「淇奧，美武公之德也。」朱子《詩集傳》於本篇第一章下亦註曰：「衛人美武公之德，而以綠竹始生之美盛，興其學問自脩之進益也。」〔註1〕就本篇之「興體」而言，是詩人在「瞻對」淇水上茂密蔥蘢的綠竹時，偶然地引動、觸發內心中原已存在的對衛武公的讚美，先以綠竹之美盛為起，進而發出衷心的歌頌，以「起景繼情」的方式賦予抽象的德操一種具體可感的形象。

不過此一形象乃是由叢竹外在青茂之景「對照」內蘊的歌頌之情而形成的，詩人與綠竹的關係是「瞻對」的，是有距離地看賞的，即「瞻彼淇奧」之瞻字所顯示出來者。做為起興的綠竹以其外在猗猗、青青之狀，而為詩人所把捉，對詩人而言，綠竹與君子這兩個「對照」意象的關鍵在於兩個對照成分中間的形容描寫語，而不在於所指稱的

〔註1〕宋・朱熹：《詩集傳》（臺北：藝文印書館，1974年4月），卷三，頁139。

『君子』或所提到的『草木』的個別種類。」〔註2〕因此，全詩在從容諷詠中，固然得以使衛武公之盛德形象化地顯示出來，然情景為二，各有待對照而後興味能顯，這是「興」體的一個特點〔註3〕。此外，這裡的竹是清新、明朗的，我們在其他章節追溯其他意象主題時，仍可以看到此一特色。

　　至東漢末的著名詩作〈古詩十九首〉中，竹的意象較之〈淇奧〉篇又有了新的轉移。其第八首詩云：

　　　　冉冉孤生竹，結根泰山阿。與君為新婚，兔絲附女蘿。

　　　　兔絲生有時，夫婦會有宜。千里遠結婚，悠悠隔山陂。

　　　　思君令人老，軒車來何遲。傷彼蕙蘭花，含英揚光輝。

　　　　過時而不采，將隨秋草萎。君亮執高節，賤妾亦何為？

首兩句下李善註曰：「竹結根於山阿，喻婦人託身於君子也。」〔註4〕五臣之一李周翰更進一步指出：「此喻婦人貞潔如竹也。結根太山，謂心託於夫如竹生於泰山之深也，……泰山、眾山之尊，夫者婦之所尊，故以喻。」〔註5〕可見其比喻的意味是很明顯的。「冉冉孤生竹」為詩人寓意之所託，頗能寫出亂世動盪中女子無依的柔弱孤苦，並襯

〔註2〕文鈴蘭：《詩經中草木鳥獸意象表現之研究》，政大中文研究所75年碩士論文，頁97。

〔註3〕也因此導致某些傳注家甚至推論兩者並無相關之處。例如在此三章下朱子皆註曰：「興也。」而《詩集傳》卷一〈關雎〉篇下對興的定義是：「興者，先言他物以引起所詠之詞也。」《朱子語類》更清楚地指明：「詩之興，全無巴鼻，後人詩猶有此體。」又云：「多是假他物舉起，全不取其義。」則「綠竹」之形象與歌詠對象的「君子」之間，便存有一大間隙，乃至毫無關涉的地步，只是用以引出主題的一個借物而已。雖就歌詩創作的基本性質而言，此說有待商榷，但這也代表了某種看法和感受，可為參考。本註引文部分參考徐復觀：〈釋詩的比興〉，《中國文學論集》（臺北：臺灣學生書局，1974年10月），頁93。

〔註4〕見梁·昭明太子蕭統撰，唐·李善等注：《文選》（臺北：華正書局，1986年7月），頁410。

〔註5〕見梁·昭明太子蕭統撰，唐·李善等注：《增補六臣註文選》（臺北：華正書局，1980年9月），頁537。

出「結根泰山阿」那對堅強歸宿的滿心期望，從而在兩句裡將夫婦新婚之抽象情思具體化，成爲有形而易感的畫面。更值得注意的是，李周翰「此喻婦人貞潔如竹也」的註語，爲「竹」注入了新的象徵意義，在吟誦玩味之際，使讀詩者產生了與《詩經・淇奧》篇裡的綠竹全然不同的領會與感受；一是從綠竹的叢生茂密興發起對君子盛德的讚嘆，因而充滿了清新和喜悅；一卻是孤竹依戀泰山而生的不可救拔的哀苦，在做爲「眾山之尊」的泰山強勢對照下，尤其顯出其姿態之孤弱與渺小，並進而在此孤弱渺小之感中提昇出一種堅卓貞定的意味，因此不論在「竹」的文學形象或意義內涵方面都有了較之《詩經》截然有別的轉變。

其整體所呈現的藝術風貌是「反覆低迴，抑揚不盡」〔註6〕的，然而就「竹」之意象的塑造而論，從「孤竹結根於泰山」的比喻到「兔絲附女蘿」的比喻之間轉換喻詞過於迅速，並未留下空間發展或擴充前一喻詞的形象與內蘊；相反地，在改變比喻內容之後，新的喻詞及喻意得到了全詩大幅度的空間以伸展其領域，因而削減了先前短暫出現的原初意象。如「兔絲生有時，夫婦會有宜，千里遠結婚，悠悠隔山陂」便大大加強了「與君爲新婚，兔絲附女蘿」的形象感染力，而「思君令人老，軒車來何遲。傷彼蕙蘭花，含英揚光輝。過時而不采，將隨秋草萎」六句也一氣呵成，吐露「莫待無花空折枝」的期望。因此最先前的孤生竹乃居於一提示性的位置，有待讀者反覆吟詠始能找回它賦予全詩「貞潔如竹」的象徵意味，而「竹」本身也就未能隨此象徵來發展相應的意象，得到興完意足的吟詠餘裕。這是我們可以注意到的一點。

六朝是詩體不斷遭受試驗、詩人不斷嘗試新的手法與新的內容的時代，尤其到了南朝，山水詩、詠物詩等主導了創作方向，外界景物成爲詩人注目留連的焦點。「竹」也隨著此一發展軌跡，而增加其出

〔註6〕見清・沈德潛輯：《古詩源》（臺北：臺灣中華書局，1981年），卷四，頁7。

現的頻率，在齊梁詠物的風潮中，更成為詩人專詠的特定對象之一。
以下我們便以整個六朝詩為對象，來檢視這個時代詩歌所塑造的竹之
意象，及其意象中所呈顯的文學心靈。

在六朝詩歌中所出現的「竹」字，有一類是以器物用具之性質入
詠的，如：「青青林中竹，可做白團扇」（桃葉〈答王團扇歌〉）、「織
竹能為象，縛荻巧成龍」（梁簡文帝〈正月八日燃燈應令詩〉）、「彈絲
命琴瑟，吹竹動笙簧」（江總〈宴樂修堂應令詩〉）；另一類是帶有強
烈典故性質，字意運用已受特定限制而不能獨立就客體物之自身顯發
其精神者，如：「楚妃歌脩竹，漢女奏幽蘭。獨以閨中笑，豈知城上
寒」（范雲〈登城怨詩〉）、「搖落秋為氣，淒涼多怨情。啼枯湘水竹，
哭壞杞梁城」（庾信〈擬詠懷詩二十七首〉之十一）、「獨酌一樽酒，
高詠七哀詩。何言蒿里別，非復竹林期」（江總〈在陳旦解醒共哭顧
舍人詩〉）。顯然地，前一類旁入器用，後一類則意義另有專指，暗示
別具，可謂已不復在植屬的範圍，對於本文可置而不論。除此之外，
竹所出現之型態又可在型式上分為兩種，第一種為零出散見，第二種
為專題詠物，而風格是一致的。其中第一類數量頗多，翻閱六朝詩頁，
可謂觸目即是，尤以南朝為然，如：

> 江蓮搖弱荇，丹藤繞新竹。物色盈懷抱，方駕娛耳目。（齊·
> 謝朓〈出下館詩〉）
> 北窗涼夏首，幽居多卉木。飛蝶弄晚花，清池映疏竹。（梁·
> 何遜〈答高博士詩〉）
> 丹籐繞垂幹，綠竹蔭清池。舒華匝長阪，好鳥鳴喬枝。（梁·
> 昭明太子〈和武帝遊鍾山大愛敬寺詩〉）
> 遊魚吹水沫，神蔡上荷心。翠竹垂秋采，丹棗映疏砧。（梁·
> 簡文帝〈納涼詩〉）
> 逆湍流棹唱，帶各聚茄聲。野竹交臨浦，山桐迴出城。（梁·
> 庾肩吾〈山池應令詩〉）
> 葉動花中露，端鳴閣裏泉。竹風聲若雨，山蟲聽似蟬。（梁·
> 劉孝先〈草堂寺尋無名法師詩〉）

以上所舉十不及一，然已可見竹的角色與作用主要是林園山水景色構設的細節部分，擔負著羅列塵世以外幽景清境的功能，因此除了陶淵明多以「桑竹」連稱，表現出獨家的田園純樸風味外〔註7〕，大多表現了如出一轍的意象感受，此由專題詠竹詩之內涵更能窺出全貌；如齊謝朓〈詠竹詩〉：

> 窗前一叢竹，青翠獨言奇。南條交北葉，新筍雜故枝；
> 月光疏已密，風來起復垂。青扈飛不礙，黃口得相窺。
> 但恨從風擇，根株長別離。

梁沈約〈詠簷前竹詩〉：

> 萌開籜已垂，結葉始成枝。繁陰上蓊茸，促節下離離。
> 風動露滴瀝，月照影參差，得生君戶牖，不願夾華池。

梁江洪〈和新浦侯齋前竹詩〉：

> 本生出高嶺，移賞入庭蹊。檀欒拂桂楑，蓊蔥傍朱閨。
> 夜條風析析，曉葉露淒淒。籜紫春鶯思，筠綠寒蜩啼。
> 不惜凌雲茂，遂聽群雀棲。願抽一莖實，試看翔鳳來。

在這些詩裡，我們看見的主要是叢竹婆娑於月影風露之中，巧狀切物，鑽貌寫形，可以說是前一類零出散見之竹，於相同的園庭背景上，再加以放大或細部摩寫，故刻劃之跡宛然在目。不過這些詠竹詩雖主要以刻劃為務，卻也非全然地「興寄都絕」的，詩人在工筆描摩之外，通常也寄寓了人性化的感知意涵，形成了一套成為「聯想公式」的文學傳統。如其徵用《莊子‧秋水篇》中：「夫鵷鶵（按：鸞鳳之屬），發於南海而飛於北海，非梧桐不止，非練實（按：即竹實）不食，非醴泉不飲。」此一典故，賦予竹以儀鳳高潔脫俗之質性；加以綠竹凌冬雪而不凋的物性，被擬人化地隱射到個人持身的修德進益上，這就造成了竹比德於君子的典型，竹「化龍招鳳」的聯想公式是此期竹之意象常見的現象。

─────────────

〔註7〕陶詩中出現的竹，分別是〈桃花源詩〉的「桑竹垂餘蔭，菽稷隨時藝」、〈歸園田居〉的「井竈有遺處，桑竹朽殘株」、〈時運詩〉的「花藥分列，林竹翳如」，其意趣可見。

　　我們也可以注意到，這些詩中筆墨之描繪更具技巧，更加刻露精工；同時也使詩的取材更爲豐富，能夠役使蘊藏在廣袤文獻中的典故以爲表達之資，其中最泛用的就是「化龍招鳳」的典實。惟因技巧與典故相陳相因，便造成劉勰所稱「爲文造情」〔註8〕的不眞實感。先就其詩題之僵化而言，喬億《劍谿說詩》所謂：「魏晉以前，先有詩後有題，爲情造文也；宋齊以後，先有題後有詩，爲文造情也。詩之眞僞，並見於此。」〔註9〕則更每況愈下，竟至於「爲題造文」了；而就內容之刻劃與用典而言，王夫之曾批評道：「徵故實、寫色澤、廣比譬，雖極鏤繪之工，皆匠氣也。」〔註10〕此即因詩筆不由性情而發，但受時代風從習氣之驅使，故所塑造的乃一剪紙式的平板意象。而除此之外，可以從詩人本身的創作意圖來找到另一個理由。

　　《文心雕龍・物色篇》所稱：「自近代以來，文貴形似，窺情風景之上，鑽貌草木之中，……巧言切狀，如印之印泥，不加雕削，而曲寫毫芥。」便已透露此一創作意圖之端倪，亦即六朝詩人專意於外界客體物的客觀描摩，欲以詩筆爲畫筆，務求景物樣貌能透過詩章纖毫畢現。然而「對（物體）各部分的描繪不能顯出詩的整體」〔註11〕，物體的顯現是出以在空間中各部分並列的方式，而詩的描繪卻必然有先後不同的時間順序，因此德國藝術批評家萊辛指出：

> 詩特別要能產生逼眞的幻覺，而用語言來描繪物體，卻要
> 破壞這種逼眞的幻覺。這種幻覺之所以要遭到破壞，我說
> 是因爲物體的同時並存和語言的先後承續發生了衝突；盡
> 管在轉化同時並存爲先後承續之中，轉化整體爲部分是容

〔註 8〕見《文心雕龍・情采篇》，梁・劉勰著，周振甫注：《文心雕龍注釋》
　　　　（臺北：里仁書局，1984 年 5 月），頁 600。
〔註 9〕見郭紹虞輯：《清詩話續編》（臺北：木鐸出版社，1983 年 12 月），
　　　　頁 1103。
〔註 10〕見《薑齋詩話》卷下，收入清・丁福保輯：《清詩話》（臺北：源流出
　　　　版社，1971 年 12 月），頁 22。
〔註 11〕見〔德〕萊辛（Gotthold E. Lessing）著，朱光潛譯：《詩與畫的界限》
　　　　第十七章標題（臺北：蒲公英出版社，1985 年 4 月），頁 90。

易事，而最後把這些部分還原成整體卻非常困難，往往甚
至不可能。〔註12〕

便道出以詩來從事繪畫的嘗試，其不易令人留下深刻而完整的印象之
故；竹之意象形成，自然也就隨此潮流而無法達到寫照傳神的要求了。

初唐文學承六朝餘風，率多遊讌應酬，情志興寄缺乏之作，清葉
變《原詩‧內篇》便謂：「唐初沿其卑靡浮豔之習，句櫛字比，非古
非律，詩之極衰也。」〔註13〕以對竹之歌詠為例，即可印證初唐與南
朝詩風之間一脈相承之軌跡，試觀唐太宗〈賦得臨池竹〉詩：

> 貞條障曲砌，翠葉貫寒霜。拂牖分龍影，臨時待鳳翔。(《全
> 唐詩》卷一)

又虞世南〈賦得臨池竹應制〉詩：

> 蔥翠揥雲質，垂彩映清池。波泛含風影，流搖防露枝。
> 龍鱗漾嶧谷，鳳翅拂連漪。欲識凌冬性，唯有歲寒知。(《全
> 唐詩》卷三六)

以及李嶠〈竹〉詩：

> 高齋楚江濆，嬋娟含曙氛。白花搖鳳影，青節動龍文。
> 葉掃東南日，枝捎西北雲。誰知湘水上，流淚獨思君。(《全
> 唐詩》卷六十)

此三例不僅在詩題上雷同前代，從命意謀篇到用字度句也率多相似，
若將之雜入齊梁諸家之中，實難以識別裁縫針線之跡。故喬億《劍谿
說詩》卷下便斷言：「詠物詩，齊梁及唐初為一格。」〔註14〕王夫之
更指出：「李嶠稱大手筆，詠物尤其屬意之作，裁剪整齊，而生意索
然，亦匠筆耳。至盛唐之後，始有『即物達情』之作。」〔註15〕此期
詠竹詩中唯一的例外是由奠定唐詩音律基礎之一的宋之問所作，《全
唐詩》錄其〈綠竹引〉一首曰：

〔註12〕同前，頁94。
〔註13〕見清‧丁福保輯：《清詩話》，頁569。
〔註14〕見郭紹虞輯：《清詩話續編》，頁1102。
〔註15〕見《薑齋詩話》卷下，頁22。

青溪綠潭潭水側，修竹嬋娟同一色。徒生仙實鳳不遊，老
死空山人詎識。妙年秉願逃俗紛，歸臥嵩丘弄白雲。含情
傲睨慰心目，何可一日無此君。(卷五一)

此詩有樂府民歌曉暢的風格和明朗的筆調，作者投入的感情也頗清
新可喜，其中「何可一日無此君」整句襲用晉王徽之語〔註16〕，其
超逸一般潮流的脫俗之處，都是極爲引人注意的；唯其情意之表白
不失坦露直率，而未能含蘊深厚、綿密悠長，仍未達到意象渾成的
表現。

　　在杜甫手中，竹的生命便與詩人的生命相融相即、化爲一體，從
詩人筆下的竹可以充分而直接地體悟到詩人的情感與志節。對杜甫而
言，「竹」是反映他眞率、堅貞、擇善固執之性格與志節的代表，在
他五十多歲時，還以好竹、種竹的方式，爲他那漂蕩的生事所不能折
損消磨的堅持做了以下的昭告：

我生性放誕，雅欲逃自然。嗜酒愛風竹，卜居必林泉。(〈寄
題江外草堂〉，廣德元年作)

居然綰章綬，受性本幽獨。平生憩息地，必種數竿竹。(〈客
堂〉，大曆元年作)

苔竹素所好，萍蓬無定居。遠遊長兒子，幾地別林盧。(〈將
別巫峽贈南卿兄瀼西果園四十畝〉，大曆三年作)

「嗜酒愛風竹」、「苔竹素所好」、「平生憩息地、必種數竿竹」等語
句，除了明示其雅愛自然林泉的個人性山林之好外，其實也是對其
一生懷抱與志節所提挈的綱領，雖然此數語因爲出於「以簡馭繁」
的綱領式宣示，而不能免於簡約、抽象及一般性的傾向，然透過對
杜甫其他詩篇的認識和分析，注入此宣示以豐沃腴實的血肉，杜詩
中竹之意象所含蘊的深層意義乃是十分值得探尋與抉發的。於〈佳
人〉一詩裡，竹便展現了飽滿生動的意象：

〔註16〕《晉書·王徽之傳》：「嘗寄居空宅中，便令種竹，或問其故，徽之
但嘯詠指竹曰：『何可一日無此君邪！』」唐·房玄齡等：《晉書》(臺
北：鼎文書局，1992年11月)，頁2103。

絕代有佳人，幽居在空谷。自云良家子，零落依草木。
關中昔喪亂，兄弟遭殺戮。官高何足論，不得收骨肉。
世情惡衰歇，萬事隨轉燭。夫婿輕薄兒，新人美如玉。
合昏尚知時，鴛鴦不獨宿。但見新人笑，那聞舊人哭。
在山泉水清，出山泉水濁。侍婢賣珠迴，牽蘿補茅屋。
摘花不插髮，采柏動盈掬。天寒翠袖薄，日暮倚修竹。

此詩作於肅宗乾元二年杜甫四十八歲時。從在首聯抽象地點出「絕代
有佳人，幽居在空谷」之後，幾乎全是對此一佳人的平生遭遇、淒涼
身世做樂府式的通鋪直敘，對其做為「佳人」的麗容美貌，與她在此
衰歇困厄之世情塵態中所鍛鍊顯發的品德幾乎不著一辭，只在末兩聯
做一暗示性地潛在的交待。然此不著痕跡的交待雖然一經著墨便收束
合筆，其效果卻不僅只稱得上畫龍點睛而已，更充滿含藏欲吐的無限
遠情，尤其末聯「天寒翠袖薄，日暮倚修竹」與首聯遙相呼應，為「佳
人」之品貌格調做了極為動人的形象化表現。可以說，這位幽居遺世
的佳人，其身世之淒涼、品格之貞潔，與乎風姿之纖美，都總地歸結
於這最末兩句的「天寒翠袖薄，日暮倚修竹」上，而由此「兩句血脈」
集中而形象地一體呈顯。

先就其內容呈顯中的佳人美感表現部分而言，端賴竹之意象大力
的輔助，此聯所呈顯的佳人之美得到了最高的發揮。洪邁曾評朱慶餘
〈閨意一絕句上張籍水部〉一詩，謂之：「細味此章，元不談量女之
容貌，而其華豔韶好，體態溫柔，風流醞籍，非第一人不足當也。」
〔註17〕說移此篇，同樣十分恰當。施鴻保便說：

此詩題曰佳人，通篇亦不言其人之美，至結二句云：「天寒
翠袖薄，日暮倚修竹」，則端莊佳麗，亦非第一人不足當之，
覺子建〈洛神賦〉，猶詞費也。〔註18〕

〔註17〕見宋・洪邁：《容齋詩話》（臺北：廣文書局，1971 年 9 月），卷五，
　　　　頁 228。此即「洞房昨夜停紅燭，待曉堂前拜舅姑。妝罷低聲問夫婿，
　　　　畫眉深淺入時無」一詩。
〔註18〕見清・施鴻保：《讀杜詩說》（臺北：臺灣中華書局，1986 年 11 月），
　　　　卷七，頁 63。

此二句以最精省之篇幅涵攝了最生動的意態神采，無怪乎其對〈洛神賦〉生詞費之嫌了。其故乃在用字度句的精妙手法之輔助，讓修竹之形體美潛在地轉移到輕輕倚靠著它沉思的女子身上，佳人之單薄翠袖也渡予修竹翠綠之色度與飄逸之美感，一聯中之色彩形容字「翠」、「修」與「薄」同時兼攝了佳人與竹兩個對象，而其安置的錯落之妙充分達到互補的效果，字間互相滲透的結果便強化了字質個別的表現力，使整聯所產生之意象更充滿靈動鮮活的內容。然而，此二句的表現力尚不止此，另一方面，這纖脩的翠竹和力單衣薄的柔弱佳人，在天寒日暮──一年裡最嚴酷的季候中（寒）黑暗最臨近的時刻（暮）雙重交逼下，不僅沒有挫餒敗降、同流合污的低調，反而加倍表現了沉鬱悲涼中無比高潔之自許，在容姿之美的深處，更動人的是其品格之美，因而沉德潛便指出：

> 結處只用寫景，不更著議論，而清潔貞正意，自隱然言外，
> 詩格最超。〔註19〕

傅庚生也說：「試讀他的〈佳人〉一篇，無邊的幽怨，都深藏彙集在『天寒翠袖薄，日暮倚修竹』兩句內，不管它是賦還是比，總在反映著一種閑雅幽靜的品格。」〔註20〕便道出纖纖脩竹凌寒而猶自青翠的形象所自然興發的感受。

　　自詩的創作技巧而言，此末聯之傑出除了用字度句精鍊生姿，充分收到交錯互補之效外，結構上置之於篇末，以盡在不言中的形象表現，為充滿敘事風格之全詩做一總結，也促進其意蘊擴大厚積的原因。兩句如一凝定之特寫鏡頭，頓蓄了面前層疊無數之悲感，真所謂「物色盡而情有餘者」〔註21〕。林紓曾云：「文之神妙者，於

〔註19〕見清・楊倫：《杜詩鏡銓》（臺北：漢京文化事業公司，1983 年 9 月）引，頁 231。

〔註20〕傅庚生：〈評李杜詩〉，收入《中國文學史論文選集》冊三（臺北：臺灣學生書局，1986 年 9 月），頁 939；另見《杜甫研究論文集》一輯（北京：中華書局，1962 年 12 月），頁 251。

〔註21〕《文心雕龍・物色篇》，周振甫注：《文心雕龍注釋》（臺北：里仁書

頓筆之下並不說明，而大意已包籠於一頓之中。」〔註22〕正可指出此一合筆收束法之傑出效果。另一方面，就詩法中的比興而言，「天寒翠袖薄，日暮倚修竹。」兩句若以「興」的作法來體會之，所得之意味遠較用「比」的了解來得濃厚。徐復觀先生曾指出：「若就純粹地興體說，它必發展到用在一首詩的結尾地方，才算發展完成，才算達到興在詩的作用中的極致，因而把抒情詩推進到了文藝的顛峰。」〔註23〕此詩可謂運用了興的成熟表現型態，從始至終動態地敘述，末而轉入靜的景象，因此造成欲盡不盡的無限遠情，耐人尋味。以圖示之如下：

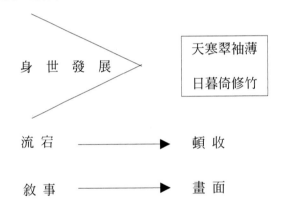

此簡圖之內在意涵，也可藉由西方文學批評對美感經驗的分析而得到更進一步的顯發，烏夫崗・依沙爾（Wolfgang Iser, 1926～）在〈閱讀過程中的被動綜合〉一文中指出：

> 建立形象（image）的活動是一種多樣綜合的活動；但它也是連續的活動，因爲它相當依賴閱讀過程之時間性方面。胡塞爾說：「這是一條普遍的定律：每一所與的呈象都自然

局，1984 年 5 月），頁 846。
〔註22〕林紓：〈春覺樓論文〉，引自周振甫：《詩詞例話》（臺北：學海出版社，1984 年 1 月），頁 205。
〔註23〕徐復觀：《中國文學論集》（臺北：臺灣學生書局，1974 年 10 月），頁 114。

地連接於一連續系列的呈象；此系列中的每一呈象都會重
現前一呈象的內容，於是，過去之要素總附隨於新的呈
象。」……結果，通過指涉之不斷累積（這就是我們所說
的滾雪球效果），所有的形象便在讀者之心靈中前後一貫地
凝聚起來。〔註24〕

此詩正是以滾雪球的方式將各句所指涉的種種涵意，全部凝聚於整個
詩軸的核心上，而在詩人以竹之意象來體現那「雪球」最終最飽滿渾
厚之狀態時，此種種指涉也同時自然地成為它潛在而又顯發的內容，
故而竹與佳人同具貞正守節之命運與品格，相互映帶，不可割離，猶
如他們所共秉的外在姿貌一般。因此「佳人」形象完成的同時，也就
是竹之意象的完成。

　　總上而言，末聯由於用字度句的精省錯落、結構上以起興為頓
筆，蓄積涵厚，故造成飽滿淋漓，呼之欲出的意象。《文心雕龍·定
勢》篇曰：「情致異區，文變殊術，莫不因情立體，即體成勢也。」
杜甫以無比的情致、佐以江河入海之體勢，使得竹的意象也推上前
所未有之顛峰，氣韻生動、餘情不盡，煥發著修美閑雅之美和幽貞
自守之品格。無怪傅庚生要推崇杜甫：「筆墨的精鍊源於情思的粹美」
〔註25〕了。

　　與〈佳人〉篇同在乾元二年所作的〈苦竹〉詩，則以全詩託物自
比，表現了相同之基調。詩云：

　　　青冥亦自守，軟弱強扶持。味苦夏蟲避，叢卑春鳥疑。
　　　軒墀曾不重，剪伐欲無辭。幸近幽人屋，霜根結在茲。

仇兆鰲注曰：「苦竹，嘉君子之避世者。一二表其清操，三四傷其見
棄，五六見廊廟非分，七八言林麓堪依。『軟弱強扶持』包許多小心
謹畏、堅忍寧耐意。」〔註26〕吳瞻泰進一步強調：「『自守』二字，一

〔註24〕收入鄭樹森編：《現象學與文學批評》（臺北：東大圖書公司，1991
　　　年4月），頁103。
〔註25〕傅庚生：《杜詩散繹》（香港：建文書局，1971年9月），頁10。
〔註26〕清·仇兆鰲：《杜詩詳注》（臺北：漢京文化事業公司，1984年3月），

篇之骨。蟲避鳥疑，於不易守中見守意，苦竹身分愈高。」〔註27〕黃生則明白指出：「此篇喻貞素之人，而己在其中。」〔註28〕苦卑軟弱的苦竹，遭遇蟲避鳥疑乃至剪伐的命運，而猶自扶持不屈，於霜雪侵凌中結根不移，固守於風塵流污之中的青冥本色，凡此種種情景，可謂正是空谷佳人遭遇零落淒涼、性格堅忍自守之寫照，也正隱隱指出〈佳人〉詩以竹之意象做結的脈絡所在。這整首詩可說是〈佳人〉一詩的扼要綱領，也可目爲「天寒翠袖薄，日暮倚修竹」一聯更詳盡的擴充性說明，在苦竹命運的形象化表現中，一方面顯露了詩人對自我「存在自覺」的意識，一方面卻不著一語地將其生命的「倫理抉擇」〔註29〕傳達予讀者，而由於不落言詮反而使此一抉擇顯得更堅定、更動人。白居易稱竹爲「剪棄若是，本性猶存」〔註30〕，可以說正是杜甫此詩的另一個說明。

　　此外，杜甫在上元元年所作，以感慨時事、抒發議論爲內容主旨的〈建都十二韻〉中道：

　　　　牽裾恨不死，漏網辱殊恩。永負漢庭哭，遙憐湘水魂。

　　　　窮冬客江劍，隨事有田園。風斷青蒲節，霜埋翠竹根。

也以翠竹之遭霜埋的景象來透顯他壯志不伸、抱窮守節的自我形象，吳瞻泰對此便說：「青蒲翠竹，亦比興語，不徒窮冬之景，實寫自己節概，而風斷霜埋，則有職其咎者。」〔註31〕可見對杜甫而言，「竹」已然成爲表達其自我情志的特定象徵，不僅落實於日常生活之中，也

　　　卷七，頁 613。

〔註27〕清・吳瞻泰：《杜詩提要》（臺北：臺灣大通書局，1974 年 10 月），卷七，頁 411～412。

〔註28〕清・黃生：《杜工部詩說》（京都：中文出版社，1976 年 6 月），卷四，頁 220。

〔註29〕「存在自覺」與「倫理抉擇」二語借自柯慶明：〈文學美綜論〉一文，見《文學美綜論》（臺北：長安出版社，1986 年 10 月），頁 22。

〔註30〕唐・白居易：〈養竹記〉語，見《白居易集》（臺北：漢京文化公司，1984 年 3 月），卷四三，頁 937。

〔註31〕清・吳瞻泰：《杜詩提要》（臺北：臺灣大通書局，1974 年 10 月），卷十三，頁 705。

透過詩歌傳達出來，成為我們認知此一精神主體的主要線索之一。由
此出發，杜詩集中常見之竹，如：

> 石角鉤衣破，藤梢刺眼新。何時占叢竹，頭戴小烏巾。（〈奉
> 陪鄭駙馬韋曲二首〉之一）
> 心以當竹實，炯然無外求。血以當醴泉，豈徒比清流。（〈鳳
> 凰台〉）
> 華軒藹藹他年到，綿竹亭亭出縣高。江上舍前無此物，幸
> 分蒼翠拂波濤。（〈從韋二明府續處覓綿竹〉）
> 我有陰江竹，能令朱夏寒。陰通積水內，高入浮雲端。……
> 愛惜已六載，茲晨去千竿。（〈營屋〉）

皆可見其言必有物，竹語不虛設之處；愛惜之故、寄意之深無一不
如在目前。因此在〈嚴鄭公宅同詠竹〉一詩中，他更衷心地發出以
下的呼求：

> 雨洗娟娟淨，風吹細細香。但令無剪伐，會見拂雲長。

其中透紙而出的愛惜之意是十分令人動容的。美學分析中曾謂：「對
象（意象）只是主體（情感）的對象化。」〔註32〕換言之，使我們感
動的不是客觀界據地而生、蒼翠上長的「竹」，而是詩人以熱烈的情
感和貞正的性格與之相融交感的「竹之意象」。杜甫一生苦苦懷抱「致
君堯舜上，再使風俗淳」（奉贈韋左丞丈二十二韻）的大願，卻飢走
於戰亂，老苦於風塵，生命中刻劃的盡是希望的幻滅與生事的艱難。
於此種種打擊中，杜甫不屈反伸，向上淬勵出無比之意志力來扶持羸
弱的身軀，並堅持著熱烈的理想與貞定的德操而至死不悔。「平生憩
息地，必種數竿竹。」在杜甫潛在的自我投射下，「竹」已涵攝了詩
人全幅的性情，成為他個人主觀生命的代表，它那纖弱不屈、凌冬猶
青的本質已深入詩人血脈之中，主客統一地呈現鮮活動人的意象，而
具備了透顯詩人生命神髓的巨大存在感。不但是詩人與世界交會時的
產物，也是連結了詩人與相隔百代的讀者之間的共同符號，透過此一

〔註32〕朱光潛：《西方美學史》（臺北：漢京文化公司，1983 年 3 月），下卷，
　　　頁 282。

連結而影響了無數具有向上意志的人們。

　　白居易的〈養竹記〉曰：「竹節貞，貞以立志，君子見其節則思砥礪名行，夷險一致者。夫如是，故君子多樹之爲庭實焉。」〔註33〕以散文對其理有很好的詮釋；到了晚唐，竹更頻繁爲詩人所用，方回曾特別指出晚唐詩歌中竹字出現頻率之高的現象：「晚唐詩料，於琴、棋、僧、鶴、茶、竹、石等物，無一篇不犯。」〔註34〕其普遍性可見。降及宋朝，竹之道德意義更爲人所重，蘇東坡說：「可使食無肉，不可居無竹。無肉令人瘦，無竹令人俗。」〔註35〕更遙接王徽之、杜甫等之意念和行徑，脈絡明顯。此外，「胸有成竹」的文與可，因爲好道而「朝與竹乎爲遊，莫與竹乎爲朋，飲食乎其間，偃息乎竹陰」，而體會竹乃是「追松柏以自偶，竊仁人之所爲，此則竹之所以爲竹也」〔註36〕，這些都可以幫助我們了解竹的象徵意義。而杜甫能以高度的藝術表現將此一象徵詮釋出來，是極爲可貴的。這也是詩歌意象上值得注意的一點。

第二節　花之意象——「界限經驗」的深層展露

　　宋《陳輔之詩話》曾指花爲詩人發抒或體現情感的最佳物色：「詩家之工，全在體物賦情，情之所屬爲色，色之所比爲花。」〔註37〕花之爲物，大多以其姿態韶美或香氣宜人等條件得到人們的欣賞，當其盛開時又多集中在萬物萌生的春天，使得代表希望的春季有了具體可

〔註33〕唐・白居易：〈養竹記〉語，《白居易集》卷四三，頁 937。

〔註34〕見元・方回選評，李慶甲集評點校：《瀛奎律髓彙評》（上海：上海古籍出版社，1986 年 4 月），卷四二韓愈：〈廣宣上人頻見過〉條，頁 65。

〔註35〕見〈於潛僧綠筠軒〉詩，《蘇軾詩集》（北京：中華書局，1987 年 10 月），卷九，頁 448。

〔註36〕宋・蘇轍：〈墨竹賦〉記載，見《欒城集》（臺北：臺灣中華書局）卷十七，頁 617。

〔註37〕見郭紹虞：《宋詩話輯佚》（北京：中華書局，1987 年 5 月），頁 292。

見的形象，更增添一種欣欣之意的直接感受。鍾嶸《詩品》曰：「若
乃春風春鳥，秋月秋蟬，夏雲暑雨，冬月祁寒，斯四時之感諸詩者也。」
〔註38〕實則春風春鳥一則從觸感、一則從聽覺來感受春天氣息，若由
隨處可得的春花從視覺上來引發感動，也許更來得直接而普遍。當然
花並不只有在春天開放，在其他時令中亦各有其應時者，只是由於種
類和數量有限，常常也就更爲珍貴而突出。如此，感諸詩的四時之物
中，花也是一個重要的主題，在詩中傳達了詩人面對世界或宇宙的種
種經驗感受，因而是我們研究詩歌意象的一個重點。

意象塑造會隨著時代或個人的因素，而有向度上和深度上的不
同。在不同向度上固然難以區分高下，但一個詩人若能較他家涵攝更
多的向度，並在每一向度中表現出更深入的感發性和藝術性，自然就
具有高度的意義和探索的價值，而杜詩中花的意象表現比之於前人，
正是如此。其向度之廣，使得花展現了各種豐富的面貌，意象動人；
其挖掘層面之深，更足以透顯杜甫對自我生命的深刻意識，傳達更高
遠的存在感受。爲方便討論起見，本節以杜詩中花之意象論析爲先，
再回顧六朝詩人對花的處理態度，比較下杜詩意象的特點就易於彰顯。

一

杜詩中的花，常具有人格化的心理和表情，不但能嘲笑、能惱
人、能起疑、能無賴，又能挑撥詩人的心情、能拒絕詩人的呼喚；
詩人對花也充滿愛憎混淆、悲喜相雜的種種情思。論析之前我們先
將這種種表現作一簡單的歸類，以使論析更爲清楚。第一類的花之
意象表現出杜甫對生命時間之有限，和生命中「界限經驗」的強烈
感受，以及由這個感受中反生出的「及時行樂」的意念和行動。這
是貫串於杜甫大多數花之意象的基調，不但其感受之深度值得抉
發，而且蘊含於其中的「及時行樂」的意念和行爲，對一生篤守儒

〔註38〕見梁·鍾嶸著，楊祖聿注：《詩品校注》（臺北：文史哲出版社，1981
年1月），頁3。

業的杜甫是十分特別的現象，尤其值得探討。第二類是第一類以外
的意象表現，雖然數量較少，但所表現出的高度感發性也甚爲可觀，
於探討杜詩花之意象時並不可遺漏。下面便從第一類的論析開始。

　　第一類詩中以〈曲江二首〉、〈可惜〉和〈江畔尋花七絕句〉等最
具代表性，是經過完整處理過的詩例，包含了所有杜甫對花的感應方
式。先看詩例，〈江畔尋花七絕句〉云：

　　　江上被花惱不徹，無處告訴只顛狂。走覓南鄰愛酒伴，經
　　　旬出飲獨空床。（其一）
　　　稠花亂蕊裹江濱，行步敧危實怕春。詩酒尚堪驅使在，未
　　　須料理白頭人。（其二）
　　　江深竹靜兩三家，多事紅花映白花。報答春光知有處，應
　　　須美酒送生涯。（其三）
　　　東望少城花滿煙，百花高樓更可憐。誰能載酒開金盞，喚
　　　取佳人舞繡筵。（其四）
　　　黃師塔前江水東，春光懶困倚微風。桃花一簇開無主，可
　　　愛深紅愛淺紅。（其五）
　　　黃四娘家花滿蹊，千朵萬朵壓枝低。留連戲蝶時時舞，自
　　　在嬌鶯恰恰啼。（其六）
　　　不是愛花即欲死，只恐花盡老相催。繁枝容易紛紛落，嫩
　　　蕊商量細細開。（其七）

首章劈句便說被花惹惱，詩意已奇，而惱至顛狂的地步，又令人驚訝；
至第二章讀者方知花的爛熳盛開才是惹惱年老力衰的詩人的原因。第
三章言花開爲多事，正是呼應首章的惱花心理；四、五、六章以清奇
之筆寫春光景態，意味雋永，形象鮮明，如「春光懶困倚微風」著一
「倚」字，其慵懶之狀彷彿可見，而微風竟可爲倚靠的對象，其輕柔
之意態如畫；「千朵萬朵壓枝低」中著一「壓」字、一「低」字，使千
萬朵花的數量更加可感，因爲數量是抽象的，難以具體掌握，而輕巧
如花者竟能造成壓力，使枝條低垂沉墜，其繁盛濃密就十分鮮明具體，
這些都是「狀難寫之情如在目前」的表現。末章明白道出惱花怕春之

故，實基於愛花之深切，正應了詩名的「尋花」之舉；而愛花之深切
並不只是單純地對美好事物的欣賞而已，更重要的原因是對自己生命
的光陰即將伴隨花之凋盡而消逝所產生的恐懼。「不是愛花即欲死，只
恐花盡老相催」，杜甫從花開的短暫中看到生命趨向於衰老滅亡的規
律，這個規律帶給已值暮年的詩人無比的威脅，而這規律又是必然而
不能超越的，於是只有努力把握春花短暫的開放，才能抵住光陰的催
迫，因此最後才要和花朵「商量細開，不欲其一往而盡也」〔註39〕，
以留住花開的光景，來減緩自己生命時間流逝的速度，這種心理表現
於外的就是愛花惜花之舉。〈九日藍田崔氏莊〉亦曰：

　　明年此會知誰健？醉把茱萸仔細看。

醉中仍要仔細看花，以免對美好的生命有所遺漏，這和「嫩蕊商量細
細開」的心理是一致的。

　　然而若無春花綻放，詩人便不會如此強烈地感受到那一種支配著
萬有的殘酷規律，因此才稱其為「多事」；而其對著年老力衰的詩人
猶且如此不知節制地盛開，花若有心，其心便令人可惱，因此杜甫在
其他詩中便直指春色春花為「無賴」，這尤其能體現其惱憎之意。此
詞出現者凡三處，分別是：

　　韋曲花無賴，家家惱殺人。（〈奉陪鄭駙馬韋曲二首〉之一）
　　眼見客愁愁不醒，無賴春色到江亭。（〈絕句漫興九首〉之一）
　　劍南春色還無賴，觸忤愁人到酒邊。（〈送路六侍御入朝〉）

《漢書・高帝紀》晉灼注「無賴」云：「江淮之間，謂小兒多詐狡獪
為亡賴。」〔註40〕這種對花的形容是前所未有的〔註41〕，常人所賞愛
的繁花春色竟能有蠻橫狡詐的性格或機心，霸佔大塊風景揮灑青春而

〔註39〕 鍾惺語，見清・仇兆鰲：《杜詩詳注》，卷十，頁819。
〔註40〕 見東漢・班固：《漢書》（臺北：鼎文書局，1991年9月），卷一，頁
　　　　66。
〔註41〕 後李商隱亦襲用此法，〈二月二日〉詩曰：「花鬚柳眼各無賴，紫蝶黃
　　　　蜂俱有情。」見清・馮浩：《玉谿生詩集箋注》（臺北：里仁書局，
　　　　1981年8月），頁515。

毫不體恤詩人心意，用詞大膽突出，不但使花的意象注入了新的生命，表現出細膩的新眼光和活潑的感受力，也可以反襯出杜甫面對繽紛春色的無力感有多麼強烈了。因此，除了惱憎之外，當花新開方盛時，對照於自己的年衰齒暮，杜甫又感到羞愧：

> 即今蓬鬢改，但愧菊花開。(〈九日五首〉之二)
> 苦遭白髮不相放，羞見黃花無數新。(〈九日〉)

而花也似懂得拒絕白首詩人的召引：

> 宿鳥行猶去，叢花笑不來。人人傷白首，處處接金杯。(〈發
> 白馬潭〉)

這裡或惱或憎，或羞愧或傷感，都基於一種悲老的情境；而悲老之情是與生命「存有時間」的意識和「界限經驗」感受密切相關的，下面我們將會進一步闡發。

　　這裡我們也可以注意到，七絕句中有四首是與「酒」結合的，而其他詩句中也多有此種現象，如：

> 一片花飛減卻春，風飄萬點正愁人。且看欲盡花經眼，莫
> 厭傷多酒入唇。
> 江上小堂巢翡翠，苑邊高塚臥麒麟。細推物理須行樂，何
> 用浮名絆此身。(〈曲江二首〉之一)
> 花飛有底急，老去願春遲。可惜歡娛地，都非少壯時。
> 寬心應是酒，遣興莫過詩。此意陶潛解，吾生後汝期。(〈可
> 惜〉)

不但詩中之花都與酒孿生並存，〈可惜〉詩中「老去願春遲」的希望正與〈江畔尋花七絕句〉的留春之意相符，嘆老惜少的心理也十分一致；〈曲江二首〉中更因為花飛春去而推悟出萬物終歸於消毀的「物理」，從而感到無比的感傷。各詩之出發點雖有個人及一般事物的差別，但兩者都根源於同一種對「存有時間」之消逝的感慨，且都以酒做為解消此一感慨的媒介。在探討杜甫為何以酒來消解這種感慨之前，我們應該先深入剖析杜甫對花所產生的「存有時間」及「界限經驗」的意義，才能使他所塑造的花之意象有深刻的呈顯。

　　就花做為具體展現「時間」和「界限經驗」的品物而言，可以說是了解杜甫與宇宙關係的場域和關鍵。首先就時間來說，「時間和空間同為人類用以體認自身與這世界的關係之最根源的範疇，它們同時是人類存在或生命的原始意識，與切身利害牢不可分。」〔註42〕人處在時間之中，必然會意識到事物在時間中不斷地變易，這種變易是生成亦復是消逝的；更精細地區分下，「時間」可以有四種特性：消逝性、創新性、連續性和累積性〔註43〕。就花而言，它一方面是自然界中具有麗容美姿的精華物之一，一方面卻又是除了朝生暮死的蜉蝣外，最易表現出生命循環之短暫的存在物，主要展現的是時間消逝的性質；它短暫地開放，因此沒有連續性和累積性可言，而且雖然年年開放，卻花容依舊，本身談不上「創新」，若有新意也是由觀照者所賦予；唯有時間的流逝性，是可以從花的生發到萎落的過程中具體而清晰地體現出來的。這就是一種生命的共相，最能使人獲致一種「生命的共感」〔註44〕。雖然大化生命在宏觀的角度下，能顯示出一種循環不息的生生之意，但就一個獨有的個別生命而言，卻是一往不復、逝而不返的。杜甫之觀花，所謂「辛夷始花亦已落，況我與子非壯年」（〈偪側行贈畢四曜〉），就是從個別生命角度出發的。

　　明瞭了杜甫對「花」與「時間」的關聯後，我們就能了解杜甫何以如此惱花怕春，甚至於敏感到「一片花飛減卻春，風飄萬點正愁人」的地步了，所謂：「花飛則春殘，誰不知之？不知飛一片而春便減。」〔註45〕而既然有一片花飛，很快地便到了「風飄萬點正愁

〔註42〕見王建元：〈中國山水詩的空間經驗時間化〉，收入王建元：《現象詮釋學與中西雄渾觀》（臺北：東大圖書公司，1988年2月），頁136。

〔註43〕這四個特性是由沈清松歸納方東美〈生命情調與美感〉一文所得，見沈清松：《解除世界魔咒》（臺北：時報文化公司，1984年8月），頁125。

〔註44〕此引語借自葉嘉瑩：〈幾首詠花的詩和一些有關詩歌的話〉一文，收入《迦陵談詩》（臺北：三民書局，1984年1月），頁291。

〔註45〕明・王嗣奭著，曹樹銘增校：《杜臆增校》（臺北：藝文印書館，1971年10月），頁96。

人」的時候，這是一種對花所展示的時間之消逝性所能有的最緻密的眼光。

但何以杜甫會如此計較於時間的消逝，而很少由花觸及到生命美好的一面呢？前面提到的從花所獲致的「生命的共感」只是一個初步解釋，眞正決定杜甫選擇這個觀花角度的因素，是詩人從花的消逝性中眞切地面對到佔據自己大半生命的「界限經驗」感受。

人生歷程中會面臨到各種不同的經驗和情境，在這些經驗和情境中有些特別會震撼我們，使我們脫離日常的平庸，而進入眞實的存在感受中，這些經驗包括存在心理學家馬斯樂（Abraham H. Maslow, 1908～1870）提出的「高峰經驗」（peak experience），如成功得意的經驗；和雅斯培（Karl T. Jaspers, 1883～1969）所謂的「界限經驗」（boundary experience），如生病、罪惡、死亡等，這兩種經驗構成了生命感受的兩個極端〔註46〕。對杜甫而言，成功得意的「高峰經驗」是他一生絕少遭遇到的，楊倫曾總括其一生云：「計公生平，惟爲拾遺侍從半載，安居草堂僅及年餘，此外皆饑餓窮山，流離道路。」〔註47〕但即使任拾遺時也是諫言不達，徒懷志業而抑鬱難伸，更遑論其他流離饑餓的時候了；而「界限經驗」如疾病、失敗、年老凋零卻幾乎伴隨杜甫大半生涯〔註48〕，這就常使他「感受到自己在生理上、心理上和道德上無能爲力，感受生命之無可奈何，頓覺此生茫然。」〔註49〕這種在界限經驗中所產生的無能爲力、無可奈何的有限感，恰好可與「花」韶好而短暫的生命表現兩相浹化：花好時，杜甫無力阻止其盛開，以免更襯出自己的衰老無成，故稱其惱人，謂之無賴，又一方面感到羞愧；花飛時，杜甫一樣不能阻止

〔註46〕參考沈清松：《解除世界魔咒》，頁157。
〔註47〕見清・楊倫：《杜詩鏡銓》序，頁8。
〔註48〕杜甫三十歲作客臨邑時，即有詩曰「吾衰同冷梗」（〈臨邑舍弟書至苦雨〉），又自三十五、六歲開始疾病纏綿，直至身亡。有關杜甫的疾病，可參考樸人：〈杜甫的病〉，《自由談》二十二卷三期。
〔註49〕參考沈清松：《解除世界魔咒》，頁157。

其消逝，故又只能「只恐花盡老相催」了。這從以上所引各章多以「白髮」、「衰老」爲背景，即可明白此種「界限經驗」投射的狀況。

此外在〈三絕句〉詩中，花又表現出杜甫另一種「界限經驗」的無力感：

> 楸樹馨香倚釣磯，斬新花蕊未應飛。不如醉裏風吹盡，可忍醒時雨打稀！（其一）

仇兆鰲評曰：「一見花開，旋憂花落，有《莊子》方生方死意。」[註50] 其實不止如此，花的自然凋零已足以令人體悟「方生方死」的匆促，若當花方生方盛時竟又橫遭外力摧殘，則就更加可哀。詩中即表現出杜甫不忍親見嶄新馨香的花蕊被雨打殘，寧可它們在自己醉中無知的狀態裡爲風吹盡，以圖逃避那種無以抵擋的無能爲力感，抹滅他從楸花中所引發的生命存在狀況的清醒意識。因爲唯有清醒地面對，才會感受痛切；爲了不再增加自己已然十分沉重的負荷，便只有避免清醒，這時酒便成了沉入醉鄉的一條途徑。

杜甫詩中的花泰半結合了酒，如前面所引〈江畔獨步尋花七絕句〉、〈可惜〉、〈曲江二首〉、〈奉陪鄭駙馬韋曲二首〉、〈九日〉、〈三絕句〉、〈絕句漫興九首〉、〈九日五首〉及〈偪側行贈畢四曜〉⋯⋯等皆是如此。對杜甫而言，「酒」是消解他心中一切愁悶的安慰，所謂「綠樽須盡日，白髮好禁春」（〈奉陪鄭駙馬韋曲二首之一〉）、「自知白髮非春事，且盡芳樽戀物華」（〈曲江陪鄭八丈南史飲〉）、「濁醪誰造汝，一酌散千愁」（〈落日〉）、「濁醪有妙理，應用慰沉浮」（〈晦日尋崔戢李封〉）、「客居愧遷次，春酒漸多添」（〈入宅〉）、「豈無成都酒，憂國只細傾」（〈八哀詩·贈嚴武〉），其中白髮衰老、客居旅次、陸沉下僚和憂國傷時等悲鬱無奈都藉由酒而得到撫平，所謂濁醪之「妙理」即在於此，這就是爲什麼終身窮老潦倒的杜甫要多添春酒，盡日傾樽了。

既然杜甫對時間的消逝如此敏感，對花這種美好的事物又如此賞

〔註50〕見清·仇兆鰲：《杜詩詳注》卷十一，頁896。

愛，而花卻是時間匆匆消逝的具現物，這種矛盾的組合便使杜甫對花之際，經常以酒爲伴。所謂「且看欲盡花經眼，莫厭傷多酒入唇」，著一「看」字，顯示出杜甫是自覺地面對花欲盡的風景，並感受到「存在於它背後的某種東西」〔註51〕；那種東西就是現象背後所展露的事物消逝的本質，一如前文所論；只不過把握住這個本質的杜甫，也和一般人一樣沒有解決之道，反而因爲觀察愈深而感受愈痛，以酒來寬解時，便不厭傷多了。這從表面上看來似乎是及時行樂或逃避現實之舉，其實不然。所謂「細推物理須行樂」已表示人既然不能自外於這籠罩萬有的「物理」，便只有試加減緩一途，杜甫單單以酒爲寬解之法，其中悲慨實多於歡快，行樂縱欲的意味是稀微幾無的；眞正的核心，反倒是一種出於正視現實，而又無可奈何的深沉悲哀。這裡的「正視現實」與前面所說「不如醉裏風吹盡」的心理是不相違背的，因爲那只是一個願望，是他正視到「雨打稀」的現實才產生的。吉川幸次郎也曾說：「沒入醉鄉、背離現實，是他做不到的。」〔註52〕酒正是幫助他正視現實的東西，而不是逃避現實的藉口；酒使他更有勇氣面對一切無可抗拒的命運，且在酒的紓解下，一次又一次地正面承擔沉重的悲苦，這才是杜甫對花飲酒的根本態度。只是在這種正視現實，又觀察深微的兩項特質下，觀花之際若無酒以供排遣，其悲哀將更加難堪，因此杜甫甚至對花宣示道：「竹葉與人既無分，菊花從此不須開。」（〈九日五首〉之一）索性以「不須開」來根本解決愛花又怕花的矛盾，和無酒以寬解此一矛盾的苦處。從這裡我們也可以看到杜甫內心之曲折與深邃的程度。

　　討論了第一類花之意象後，接著我們要看第二類的意象表現。

　　這一類意象中也是悲慨多於愉悅的。〈登樓〉詩曰：「花近高樓

〔註51〕〔日〕吉川幸次郎著，孫昌武譯：〈杜甫的詩論與詩〉文中語，收入蕭滌非主編：《唐代文學論叢》總第七輯（西安：陝西人民出版社，1986年1月），頁68。
〔註52〕〔日〕吉川幸次郎：〈杜甫與飲酒〉文中語，見《杜詩論集》，東京：筑摩叢書，頁215～216。

傷客心，萬方多難此登臨。」因爲花開得太近登臨的高樓，反令憂
於萬方多難的詩人感到傷心；在〈春望〉一詩裡的「感時花濺淚，
恨別鳥驚心」，則因爲家亡國破而使萬物觸目可傷，吳齊賢謂曰：「因
其感時，故看花亦爲濺淚。」〔註53〕這和〈登牛頭山亭子〉一詩所
說的「兵革身將老，關河信不通。猶殘數行淚，忍對百花叢」都顯
示出一種極端反襯的效果。對花而忍淚、濺淚，其哀痛可知；而花
竟能令人傷心，則語奇意悲，又添曲折。如此傷心濺淚的花在杜甫
以前的詩歌裡是未曾一見的，這在下文作比較時將可以看到。此外，
我們再看兩首將花擬人化處理後，詩人所展現的生動意象。〈院中晚
晴懷西郭茅舍〉一詩曰：

> 幕府秋風日夜清，澹雲疏雨過高城。葉心朱實看時落，階
> 面青苔老更生。
> 復有樓臺銜暮景，不勞鐘鼓報新晴。浣花溪裏花饒笑，肯
> 信吾兼吏隱名。

仇兆鰲評末聯曰：「溪菊正開，若笑人勞攘者，彼亦肯信我吏隱之志
否耶！」〔註54〕盧世㴶則有更詳實的說明：「此詩舉束縛蹉跎，無可
奈何意，一痕不露，只輕輕結語云：『浣花溪裏花饒笑，肯信吾兼吏
隱名。』既悲老趨幕府，爲溪花所笑，將欲駕言吏隱，又恐爲溪花所
疑。幾多心事，俱聽命於花，深乎深乎！」〔註55〕末聯出句著一「饒」
字，花之笑意盈然可見，其不信杜甫吏隱之志也更加可以斷定。這樣
的花不但有生命、有知覺，還有豐富的表情，和理解世情、洞悉人性
的智慧，是「擬人化」的手法中最高度的表現；而經過「花饒笑」的
一層轉折，杜甫內心的感慨也就更耐人咀嚼了。

　　「花」也難得地在杜甫沉鬱的詩作中展露全然歡娛、不染絲毫憂
思的狀貌。黃生曰：「杜詩強半言愁，其言喜者，惟寄弟數首及此作

〔註53〕見清・吳見思：《杜詩論文》（臺北：臺灣大通書局，1974 年 10 月），
　　　　頁 375。
〔註54〕引自清・仇兆鰲：《杜詩詳注》卷十四，頁 1172。
〔註55〕引自清・仇兆鰲：《杜詩詳注》卷十四，頁 1172。

（按：指〈聞官軍收河南河北〉詩）而已。」〔註56〕就在少數言喜的寄弟詩作裡，〈舍弟觀赴藍田取妻子到江陵喜寄三首〉中，花就成爲杜甫喜躍得無以自處，因而強拉來同歡共笑的對象：

> 歡劇提攜如意舞，喜多行坐白頭吟。巡簷索共梅花笑，冷蕊疏枝半不禁。（其二）

仇兆鰲引盧世㴆曰：「歡劇喜多，尚與弟相隔許程，於是步繞檐楹，索梅花共笑。此時梅花半開，即冷蕊疏枝，亦若笑不能禁矣，說得無情有情，極迂極切。」〔註57〕黃生亦云：「覺春色忽從天降，此時起舞行吟，忻喜之至，無可告語，只索對花而笑，覺冷蕊疏枝亦解人意，不禁唇綻而煩動矣。」〔註58〕杜甫的歡喜是要用「劇」字才能表達的，而雖然以起舞行吟來抒發那一片歡劇喜多之情，卻仍感到意有未盡，急需再找一個夥伴來分享滿溢的快樂，於是簷邊犯寒而開的疏落梅花也被詩人索來共笑；以「半不禁」形容梅花笑態，不但唇綻煩動之貌如在目前，且復似因笑顫落花蕊，才導致枝椏稀疏，使整株梅樹也有了活潑如人的生命氣息，這是情感與技巧充分發揮所造成的生動意象。

這種「花饒笑」、「笑不禁」的花不但在杜集中只此兩例，在他家的花之意象表現也絕少企及。南朝詩人中，梁費昶〈芳樹〉中有句曰：「枝低疑欲舞，花開似含笑。」隋煬帝楊廣〈幸江都作詩〉亦曾云：「鳥聲爭勸酒，梅花笑殺人。」〔註59〕都以擬人化手法摹寫花之容態，頗有新意，不過就意象表現而言，情感和技巧仍顯得較爲淺率，無法像杜甫般透顯全幅生命的歡喜和悲慨。於此，我們要回顧杜甫之前詩歌中花的意象，看看前人面對花時心靈向度和觀照態度究竟如何，以

〔註56〕見清‧黃生：《杜工部詩說》（京都：中文出版社，1976 年 6 月），卷九，頁 529。

〔註57〕清‧仇兆鰲：《杜詩詳注》卷二十一，頁 1842。

〔註58〕見清‧黃生：《杜工部詩說》卷九，頁 551。

〔註59〕兩詩見逯欽立輯校：《先秦漢魏晉南北朝詩》（臺北：木鐸出版社，1983 年 9 月），冊下，頁 2081、2673。

做爲比較基礎。

二

首先我們應說明，對時間消逝的感受在杜甫前已有一段很長的傳統，如〈古詩十九首〉曰：「浩浩陰陽移，年命如朝露。……不如飲美酒，被服紈與素。」（其十三）以及：「晝短苦夜長，何不秉燭遊。爲樂當及時，何能待來茲。」（其十五）〔註60〕不但早有對年命短暫的強烈悲感，並且也以飲酒來做爲解消此一憂思的方法，曹操〈短歌行〉則有更直接的宣示：「對酒當歌，人生幾何。譬如朝露，去日苦多。慨當以慷，憂思難忘，何以解愁，唯有杜康。」〔註61〕這裡所謂的憂思也是有感於「去日苦多」的時間消逝感而發的。當杜甫欲消解種種「界限經驗」的無力感時，便自然承繼此一傳統，以酒爲消憂的途徑了。

只是我們可以注意到這種時間感都不是對花而生，也未曾將個人年命的迫促融入花的生命體現出來。這是一個極重要的現象，若配合杜甫以前花的意象表現以觀之，此一現象就更爲清楚完整。

先看《詩經・國風・周南》的〈桃夭〉篇：「桃之夭夭，灼灼其華。之子于歸，宜其室家。」寫的是鮮明燦爛的桃花，洋溢一片于歸賀嫁的欣喜，意象歡樂而飽滿；再觀〈古詩十九首〉第八首曰：「傷彼蕙蘭花，含英揚光輝。過時而不采，將隨秋草萎。」〔註62〕其中顯示的是一種自然的規律，以及配合此一規律的心態；重點在以花借喻，期許對方珍惜如花一般「含英揚光輝」的美人，而不是對光陰消逝的感嘆。降及六朝，花的意象出現頻率大增，描寫手法更爲新穎雕琢，方向上卻沒有太大的轉變。

六朝詩作中出現的花，整體說來是愉悅的、平和的。當花開放時，固然因爲色澤樣態的美好而爲詩人所歌詠，如南朝不少的詠花

〔註60〕兩詩見逯欽立輯校：《先秦漢魏晉南北朝詩》，冊上，頁332、頁333。

〔註61〕見逯欽立輯校：《先秦漢魏晉南北朝詩》，頁349。

〔註62〕見逯欽立輯校：《先秦漢魏晉南北朝詩》，頁331。

詩內容便多是如此；而當花落時，也被當作是一種自然而然的現象，就跟庭中徑旁的花開一樣，都是生活中周遭環境的一部分，也是被人們同等地接收的一般對象。詩人注視它們時是站在一個客觀玩賞的距離外，捕捉的是其飛揚飄落的美感，並不選擇殘容敗貌的一面來描繪，也極少投射那分宇宙生命的共感，使之成為與個人種種「界限經驗」相融相即的有情存在。這類詩例極夥，我們取數首以為代表，即可看出：

> 岫遠雲煙綿，谷屈泉靡迤。風起花四散，露濃條旖旎。（宋·
> 鮑照〈春羈〉）
> 遠樹曖阡阡，生煙紛漠漠。魚戲新荷動，鳥散餘花落。（齊·
> 謝朓〈遊東田〉）
> 振衣喜初霽，褰裳對晚晴。落花猶未捲，時鳥故餘聲。（梁·
> 何遜〈春暮喜晴〉）
> 參差依網日，澹蕩入簾風。落花還繞樹，輕飛去隱空。（梁·
> 紀少瑜〈春日詩〉）
> 冷風雜細雨，垂雲助麥涼。竹水俱蔥翠，花蝶兩飛翔。（梁·
> 簡文帝〈和湘東王首夏〉）
> 落花承舞席，春衫拭酒杯。行廚半路待，載妓一雙迴。（北
> 周·庾信〈詠畫屏風詩〉）〔註63〕

此外梁蕭子範亦有專詠落花的〈落花詩〉〔註64〕，也都和這些詩例一樣表現出同一類的面貌：這些落花有著輕盈飛動的優美姿態，而與輕風鳥蝶同是大自然駘蕩的景致；當其散落時，又能飄入衣席、點綴陳設，使遊宴休憩的人物更加出色。在這種把落花納入為美感觀照之對象的背景上，「折花」也就普遍成為一種文人雅士的風雅行徑。這種風雅一者表現在個人行為或賓主友朋的接待之間，如劉孝威〈詠剪綵

〔註63〕以上六例見逯欽立輯校：《先秦漢魏晉南北朝詩》，分見頁 1304、頁 1425、頁 1698、頁 1779、頁 1946、頁 2397。

〔註64〕見逯欽立輯校：《先秦漢魏晉南北朝詩》，頁 1897。詩曰：「綠葉半生長，繁英早自香。因風亂胡蝶，未落隱鸝黃。飛來入斗帳，吹去上牙床。非是迎冬質，寧可值秋霜。」

花詩二首〉之二所言：「假令春色度，經著手中開。」和庾信〈杏花〉詩所說：「好折待賓客，金盤襯紅瓊。」〔註65〕另一者則特別表現爲與美人映襯的比配，所謂「花與面相宜」（梁簡文帝蕭綱〈和林下妓應令詩〉）〔註66〕，用花朵以輝映美人鮮麗生香之玉頰紅粉者更爲其中之大宗，諸如梁簡文帝蕭綱〈詠內人畫眠詩〉的「夢笑開嬌靨，眠鬟壓落花」、庾肩吾〈南苑看人還〉詩的「春花競玉顏，俱折復俱攀」、鮑泉〈詠薔薇〉詩的「佳麗新妝罷，含笑折花叢」，以及梁元帝蕭繹〈看摘薔薇〉詩的「牆高攀不及，花新摘未舒。莫疑插鬢少，分人猶有餘」〔註67〕，在在都以折花來發揮點綴的功能，或襯金盤，或插髮鬢，皆被視爲一種擷取「美」、轉移「美」、襯托「美」的優雅舉動，其中絕少有對花的生命歷程遭受到斲喪的覺識，自然也就難以產生花與我同具的生命共感。

　　當然，詩人面對花落時也並非完全沒有感慨，然有此寄喻者甚少，而於那些罕例中感慨較深的，如梁元帝蕭繹的〈春日詩〉所表現者：

　　　　春意春已繁，春人春不見。不見懷春人，徒望春光新。……
　　　　春人竟何在？空爽上春期。獨念春花落，還以憶春時。〔註68〕

全詩基調在於懷人，末聯由春花之落而惜春時已過，惋惜的重點實不是花落本身，而是對以往美好經驗的不能再現；落花代表的是與人共賞春趣之期待的落空，物我之間是相間的，並沒有蘊含對生命流變不能自主的根本恐懼。另梁簡文帝〈傷美人〉詩以花落傷美人的逝去不回，仍以花與美人比配：「香燒日有歇，花落無還時。」〔註69〕意味類似；至於隋辛德源的〈浮遊花〉則由落花觸及時間流逝的一面：

〔註65〕見逯欽立輯校：《先秦漢魏晉南北朝詩》，頁 1884、頁 2399。
〔註66〕見逯欽立輯校：《先秦漢魏晉南北朝詩》，頁 1954。
〔註67〕以上四段引詩，見逯欽立輯校：《先秦漢魏晉南北朝詩》，頁 1941、頁 1995、頁 2028、頁 2047。
〔註68〕見逯欽立輯校：《先秦漢魏晉南北朝詩》，頁 2045。
〔註69〕見逯欽立輯校：《先秦漢魏晉南北朝詩》，頁 1941。

窗中斜日照，池上落花浮。若畏春風晚，當思秉燭遊。〔註70〕
從花落春晚中興起把握時間、秉燭夜遊之思，但其語調和感受是平和的、中庸的，決不像杜甫「只恐花盡老相催」和「一片花飛減卻春」所表現的激烈極端，也無損落花做爲欣賞對象的意味，這與杜甫是很有差異的。

　　將前引各詩所展現的花意象合併觀之，可以看出南朝詩人對花的開落大體上都是出於一貫的玩賞心態，花之凋落就如同花之開放一樣，是自然而然的大化現象，也都具有可欣賞的情趣。尤其落花能表現出另一種飛飄枝外的美感，可見花的整個生命歷程和不同面貌，都被當作美好的對象來處理，詩人避免注意到殘花敗容的一面，也避免從中引發不愉悅的情緒。就這點而言，也顯示了南朝詩人與花之關係，和此關係中所牽涉到的精神過程和經驗層次都較爲特定和單一，較之杜甫所展現的多面、複雜而深刻的體悟與感受，便有顯著的差異，這也可以看出創作者本身生命力量的強弱與心靈向度的多面性是影響詩歌意象塑造的一大因素。而心靈對世界探索的向度和深度是可以不斷開發而日漸豐富的，從南朝到杜甫對花之意象的塑造上便可看出這種擴充和深化的軌跡。

第三節　月之意象——心靈狀態與生命情境的形象表達

一

　　月是自然界中，與人之現實距離最遠、心靈距離卻十分接近的存在物，爲中國文學中經常出現的一個意象主題。詩歌史上最早出現月之意象的是《詩經》，〈陳風·月出〉篇曰：

月出皎兮，佼人僚兮。舒窈糾兮，勞心悄兮。
月出照兮，佼人燎兮。舒夭紹兮，勞心慘兮。

〔註70〕見逯欽立輯校：《先秦漢魏晉南北朝詩》，頁 2650。

朱熹注云：「此亦男女相悅而相念之辭。言月出則皎然矣，佼人則僚然矣，安得見之而舒窈糾之情乎？是以為之勞心而悄然也。」〔註71〕這是詩歌中「對月懷人」之意象運用的最早表現。月之皓白興發比照了被思念者之姣美，接著才引發「愛而不見」的勞心之感，其間由此物興彼人，再轉入心情之敘寫，都循著一條思致顯著的線索而轉折。不過月雖然最終引發詩人憂悄之心事，其主要作用卻在於彰顯佼人的美感，本身依然保持著原初美好、亮潔的樣態，並不曾沾染望月者絲毫窈糾之情；月也就成為獨立於人事之外，與人維持著和諧、有距離的客觀存在，其意象表現反映的是初民純樸的眼光。

其後〈古詩十九首〉第七首的「明月皎夜光，促織鳴東壁，玉衡指孟冬，眾星何歷歷」和第十九首的「明月何皎皎，照我羅床緯。憂愁不能寐，攬衣起徘徊」〔註72〕也是以明亮的月光為背景，來興發同門背棄之慨，或盼望良人早歸的愁思。我們注意到，這裡的「月」字都與「明」字連接，構成「明月」一詞，而在其後魏晉詩歌中出現月之意象時，「明月」也幾乎成為一個主要的專有名詞，成為月的意象表現上一個特定的用法。這種例子很多，可舉數詩為證：

> 丹霞夾明月，華星出雲間。（曹魏‧曹丕〈芙蓉池作詩〉）
> 明月照高樓，流光正徘徊。上有愁思婦，悲歎有餘哀。（曹魏‧曹植〈七哀詩〉）
> 皎皎明月光，灼灼朝日暉。昔為春蠶絲，今為秋女衣。（晉‧傅玄〈明月篇〉）
> 清露墜素輝，明月一何朗。撫枕不能寐，振衣獨長想。（晉‧陸機〈赴洛道中作詩〉）
> 柔條旦夕勁，綠葉日夜黃。明月出雲崖，皦皦流素光。（晉‧左思〈雜詩〉）〔註73〕

〔註71〕見宋‧朱熹：《詩集傳》（臺北：藝文印書館，1974 年 4 月），卷七，頁 325。
〔註72〕分見逯欽立輯校：《先秦漢魏晉南北朝詩》，頁 330、頁 334。
〔註73〕見逯欽立輯校：《先秦漢魏晉南北朝詩》，五首分見頁 400、頁 459、頁 559、頁 684、頁 735。

在這些詩中，與月結合的感懷有很多樣的內容，如曹丕詩是因感於人壽有限而乘輦夜遊，玩賞景致所作；曹植詩是以思婦自比，有逐臣之哀；傅玄詩是寫一懼於年衰顏老之女子的擬作；陸機詩則是成於被迫遠離故鄉之途中，有身不由己之悲慨；左思詩則是在歲暮之時，有感於光陰匆迫，而自己仍高志不償的流露；加上〈古詩十九首〉中明月所結合的思婦之愁和同門背棄之慨，可見古人於靜夜對月之時所引發的感受十分複雜多樣，而且大多偏於悲哀愁苦的一面。不過這麼複雜多樣的情志卻都由單一的「明月」一詞來引發，除了這種天空上懸著的明朗的月與其素光、流光之外，很少有其他的修飾和形容，故而月所在的地點和型態等也都難有精細的掌握；而且，這樣的「明月」雖然對應了黑夜中不寐之詩人的種種愁思，其本身卻仍是單純的、明亮的存在物，詩人以之入詩的原因，主要似乎是因為它的明亮在黑夜中最易引人注意，便自然而然成為抒發愁思的背景之一，觸目拾來，便擷取到最明顯的「明亮」的這一屬性，而很少有其他方面的深入描繪，這和「明月」一詞的公式化正是一體的兩面。其中除了曹植的「流光正徘徊」是在月光的流射中投入了思婦徘徊的心情和舉止，使月光具有擬人化的生動效果外，就整體說來，月本身的意象是單一的、被動的，詩人並未主動以個人情志介入月的各種面相中，使月具有更豐富、更能動的意象表達。這是一個重要的現象。

到了南朝，除了明月此一語詞仍常出現外，月的型態和各種修飾語更大大增加起來，充滿繁複新警、清奇特出的意象；這些帶著修飾連詞的月，不但有形狀、樣態的表示，也有明指時間、季節、地點的連詞出現，如：初月、曉月、落月、斜月、夕月、曙月、新月、圓月、流月、中月、高月、殘月、蛾眉月、波中月、水月、江月、海月、孤月、春月、秋月、季月、隴月、樹裏月……等，直接在詩句中傳達多樣而精細的感受。此外，還有能感覺出溫度的月，如：

壁門涼月舉，珠殿秋風迴。（齊・王融〈遊仙詩五首〉之三）〔註74〕

甚至有能行動的月，如：

流風乘軒卷，明月緣河飛。（宋・謝莊〈山夜憂〉）

廣岸屯宿陰，懸崖棲歸月。（宋・鮑照〈陽岐守風詩〉）

長引逐清風，高歌送奔月。（齊・袁彖〈遊僊詩〉）

露彩方汎豔，月華始徘徊。（梁・江淹〈休上人怨別〉）

馳蓋轉徂龍，回星引奔月。（梁・沈約〈却東西門行〉）

過歸風，止流月。（梁・沈約〈秦箏曲〉）

欲待華池上，明月吐清光。（梁・簡文帝〈和湘東王首夏〉）

大江闊千里，孤舟無四鄰。唯餘故樓月，遠近必隨人。（梁・朱超〈舟中望月〉）〔註75〕

這樣的月，早已超出明亮光照的單一面相的把握，如「涼月」一詞不但是從明度聯想到溫度、將視覺轉向為觸覺，擴大了感受層次；而月又竟然可歸棲、可奔飛、可流淌、可吐光，也可亦步亦趨地遠近隨人，則就具有主動的人格屬性。這都顯示詩人注視著月的眼光是更加精細，觀察態度和意想方向也更有生命化、人性化的感知情趣。

詩人既然培養出這種觀月的眼光，拉近人與月的距離感，則對月的態度也就可以突破天上地面的遙遠阻隔，而不再限於地面上對高空單向的仰望方式，月也不再是全然高高在上俯臨人間的難以企及的存在。這種對月態度的改變，在謝靈運和吳均的詩中有極佳的例子，如謝靈運詩曰：

朝搴苑中蘭，畏彼霜下歇。暝還雲際宿，弄此石上月。（〈石門巖上宿〉）〔註76〕

吳均詩亦曰：

弱榦可摧殘，纖莖易凌忽。何當數千尺，為君覆明月。（〈贈王桂陽〉）

〔註74〕見逯欽立輯校：《先秦漢魏晉南北朝詩》，頁1398。

〔註75〕見逯欽立輯校：《先秦漢魏晉南北朝詩》，八首分見頁1254、頁1293、頁1491、頁1580、頁1617、頁1625、頁1946、頁2095。

〔註76〕見逯欽立輯校：《先秦漢魏晉南北朝詩》，見頁1167。

懸風白雲上，挂月青山下。心中欲有言，未得忘言者。(〈詠
懷詩二首〉之二)〔註77〕

在謝詩「弄此石上月」中，詩人玩弄著月的光影；在吳均詩「挂月青
山下」和「爲君覆明月」裡，月則是容許人們擺布之對象，可見月與
人已經接近到可以直接撫觸的地步，人與月的關係似乎也更形接近。
整體觀之，顯然可見詩人精細的觀察和脫俗的想像。這樣的月，與漢
魏晉時的月顯然是很不相同的。

　　不過，由以上所引的詩例，我們也可以注意到，這些精奇出新的
月大多還是物我相隔的，出自於詩人客觀描摹雕琢的心態所塑造，所
謂「風雲月露」，月是屬於自然風景的一部分，詩人由之引發種種愁
懷思緒，也產生賞玩的想像，但個人情思的染化似乎仍不夠強烈而深
入，只是在物象描繪上增加「儷采百字之偶，爭價一句之奇，情必極
貌以寫物，辭必窮力而追新」〔註78〕的態度，營造出「奇」、「新」的
意象表現。

　　杜甫在這種文字運用更爲豐富、妍巧，心、物關係也較爲活潑的
基礎上，不但吸收了摹景體物的工力，又出之以個人濃烈深入的情
感，使月和詩人生命統合爲一，兼備巧狀之景和不盡之意的特質。下
面我們就來看看杜詩中的意象表現。

二

　　杜甫詩中出現的月，不但數目繁多，樣態多變，意向投射更是豐
富飽滿、曲折深微。

　　就數目而言，杜甫集中題目標有「月」字的詩就有二十一首〔註79〕

〔註77〕見逯欽立輯校：《先秦漢魏晉南北朝詩》，二首分見頁 1742、頁 1745。
〔註78〕《文心雕龍·明詩篇》中語，梁·劉勰著，周振甫注：《文心雕龍注
　　　　釋》（臺北：里仁書局，1984 年 5 月），頁 85。
〔註79〕分別是〈月夜〉、〈一百五日夜對月〉、〈月〉、〈月夜憶舍弟〉、〈初月〉、
　　　　〈觀作橋成月夜舟中有述〉、〈玩月呈漢中王〉、〈江月〉、〈月圓〉、
　　　　〈月〉、〈月三首〉、〈八月十五夜月二首〉、〈十六夜玩月〉、〈十七夜
　　　　對月〉、〈東屯月夜〉、〈江邊星月二首〉、〈舟月對驛近寺〉等詩。

，其他在詩中出現的月更數倍於此，是六朝個別詩人所不及的。就所敘寫的樣態而言，範圍也十分廣泛，包括了江月、溪月、波中月、水月、孤月、落月、秋月、涼月、明月、新月、初月、圓月、細月、野月、滿月、闕月、清月、淨月、素月、風月、殘月、邊月、弦月、隴月、藤蘿月、青嶂月等，幾乎涵蓋了南朝詩人大力開拓的範圍，又有擴充之處，如其中的「野月」一詞便是六朝詩中所未曾出現的；若就對月時詩人所興發的情思表達而言，則杜甫所展現的曲折深婉和情景交融的境界，也遠遠超出六朝詩人投入的程度。

以下討論時，大致以杜甫乾元二年棄官華州司功掾，開始後半生漂泊西南時，和出蜀入夔前後斷爲前後三期。前期中月的意象出現較少，且多以「清光」爲詩人把握；中期的月則有極完滿而溫暖的面貌，後期的月則多聳動而危疑可懼的極端表現，這些都提供我們了解杜甫的重要線索。

就第一階段中安史亂前的生命型態而言，即使是蹭蹬於長安的壯年時期，杜甫雖也官途不達、有「世儒多汨沒」（〈贈陳二補闕〉）及「儒冠多誤身」（〈奉贈韋左丞丈二十二韻〉）的蹭蹬之感，但志力猶壯，心氣亦盛，與青年期裘馬清狂的日子相距不遠，對未來也仍充滿希望和自信，其銳氣甚至於自比「白鷗沒浩蕩，萬里誰能馴」（〈奉贈韋左丞丈二十二韻〉）。因此，在這種向上朝外發揚之精神基礎上，就少有深夜凝思觀獨之心境，流露詩中的月，次數也就疏少而意味不深，如杜集中最早的少作之一〈遊龍門奉先寺〉曰：

> 已從招提遊，更宿招提境。陰壑出虛籟，月林散清影。

長安時的〈陪鄭廣文遊何將軍山林十首〉之九曰：

> 醒酒微風入，聽詩靜夜分。絺衣掛蘿薜，涼月白紛紛。

在清景閒致中，月是夜色裡散發清光、滌蕩俗慮的自然界存在物，屬於涼夜清景之一部分；山林之幽致、心情之靜怡，都由涼月清景中化出。其中「涼月白紛紛」一句比諸前引齊王融的「壁門涼月舉」，除了明度結合了溫度，構成「涼月」一詞外，又加上了「白」的色度，

「涼」、「白」互補的結果便更強化了月清澈亮潔的感受。這是杜詩月之意象發展中完全不染帶沉鬱感傷的一個階段。

唯其清涼之感生動傳神，頗勝前人風致，於安史亂後、漂泊西南之前長安所作的寄內名詩〈月夜〉中更得到充分發揮：

今夜鄜州月，閨中只獨看。遙憐小兒女，未解憶長安。

香霧雲鬟濕，清輝玉臂寒。何時倚虛幌，雙照淚痕乾？

王嗣奭評此詩腹聯曰：「雲鬟、玉臂，語麗而情更悲。……鬟濕臂寒，此看月之久，憶望之至也。」〔註80〕由於看月不寢，臂上增寒，其寒便似為月光浸漫所導致，由「清」、「玉」、「寒」、「濕」等偏於冷調之字質的影響，月輝之涼澈如水可以想見。但此涼澈之月光雖顯出杜甫一腔悲情，但悲中不失鍾情婉意，比較後期的月，仍帶有溫厚之感；且詩中之「月」本身懸立於人世之上，以一定距離為人所看望，孤獨的是分隔兩地的地上的人，而月並不親身參與、共其休戚，因此也是以其清輝與人世構成關係的。這種以清澈之光質為詩人所把握的月之意象表現，在同期的詩中也常常可見，如：

無家對寒食，有淚如金波。斫卻月中桂，清光應更多。(〈一百五日夜對月〉)

天上秋期近，人間月影清。入河蟾不沒，擣藥兔長生。(〈月〉)

昊天出華月，茂林延疏光。仲夏苦夜短，開軒納微涼。(〈夏夜歎〉)

前一首為思家之作，中一首王嗣奭以為帶有比意，乃為肅宗而作〔註81〕，與〈夏夜歎〉都因憂世傷時而發，在根本上都以月影清光為背景是很明顯的。

不過即使如此，這樣的月仍有十分曲折深婉的意涵。安史亂後，天下動蕩，杜甫不但有妻隔子離的遭遇，也有時事安危之憂。就對月思家而言，王嗣奭評〈月夜〉詩曰：「意本思家，而偏想家人之思我，

〔註80〕見明・王嗣奭撰，曹樹銘增校：《杜臆增校》(臺北：藝文印書館，1971年10月)，頁63。

〔註81〕見明・王嗣奭撰，曹樹銘增校：《杜臆增校》，頁87。

已進一層。至念及兒女之不能思，又進一層。須溪云：『愈緩愈悲』是也。」〔註 82〕而從現前的月轉至末聯的未來之月，所謂：「末又想到聚首時，對月舒愁之狀，詞旨婉切，見此老鍾情之至。」〔註 83〕這種對月時，情思往復迴環、曲折跌宕的表達，是六朝詩人對月抒感的詩中很難看到的；雖然月仍是外界高懸天上的月，但人間的情思在月照下卻有更加精微的內涵，而且月也一直貫連在這個深婉的曲想之中，並不只是夜中觸目所及的夜景之一而已。〈一百五日夜對月〉所說「斫卻月中桂，清光應更多」則又語新意奇，不下於謝靈運和吳均的弄月、覆月之想。

杜甫開始西南之行後，一年的路途中有荒山餓殍之慮，也有暫棲一枝的安居之慰，到入成都後則更展開一生中最為閒適的生活。將之斷爲一期，其故在於就月的意象而言，杜甫詩中眞正圓而滿的月只在此時出現。這種圓滿的、溫馨深情的表現，不但於前期無由得見，後期出蜀入夔的階段也未曾塑造，乃杜甫生命發展中十分特出的現象，因此是我們討論的重點之一。詩曰：

> 杖錫何來此，秋風已颯然。雨荒深院菊，霜倒半池蓮。
> 放逐寧違性，虛空不離禪。相逢成夜宿，隴月向人圓。（〈宿贊公房〉，乾元二年秦州作）
> 天涯歇滯雨，梗稻臥不翻。漂然薄遊倦，始與道侶敦。
> 晏晏步修廊，而無車馬喧。夜闌接軟語，落月如金盆。
> 漠漠世界黑，驅驅爭奪繁。惟有摩尼珠，可照濁水源。（〈贈蜀僧閭丘師兄〉，上元元年成都作）

兩首詩相距一年，都作於滯雨不斷、蓮倒稻臥的荒颯景象中，卻也表現出最圓滿的月之意象。就第一首詩言之，王嗣奭《杜臆》曰：「止云『隴月向人圓』，而情好藹然可想，蓋同病相憐，亦他鄉故知也。」〔註 84〕在放逐客途的虛空和秋雨霜重、菊荒蓮倒的悽涼景致下，詩人

〔註 82〕見明・王嗣奭撰，曹樹銘增校：《杜臆增校》，頁 62。
〔註 83〕見清・仇兆鰲：《杜詩詳注》卷四引《杜臆》語，頁 309。
〔註 84〕見明・王嗣奭撰，曹樹銘增校：《杜臆增校》，頁 153。

只因與同遭謫遷的昔時故舊萍途相逢，其團圓歡然之情便足以抑制滿腔悲意而投射於異地的隴月中，使月似亦為此同遭不幸之兩人的團聚而慶幸、而圓滿，所謂「隴月向人圓」著一「向」字，由物返我，又經一層曲折，便更見出深切的情味；第二首詩作於暫居草堂的安定時期，倦遊的詩人從驅驅爭奪的世界中找到了寧謐無喧之所，在與道侶相談甚歡以至夜闌人靜時，抬頭所見，唯有金盆似的團團明月當空悠悠而落，著一「金」字、「盆」字，極言其大而明亮之狀，讀來如在目前，而杜甫心中的無限喜滿也就具備了具體可感的形象表現。《杜臆》曰：「公詩善用借景，如『落月如金盆』與『隴月向人圓』，皆據一時所見之景，而傾蓋歡洽之意自見。」〔註85〕便指出了此期滿月的特質之一——表現友朋團聚之親好歡洽。

　　另外，特別的是，這兩首詩都作於與寺僧道侶的交往傾談時，此一現象也很值得注意。首先，在同期的〈嚴氏溪放歌行〉中，杜甫也曾說：「秋宿霜溪素月高，喜得與子長夜語。」同樣是與友朋長夜傾談的背景，卻唯有高高素月，意象與此二詩大異；其次，杜甫詩中的圓月意象除此之外亦有不少，但都不及此二詩的溫馨暖融，別具滿足之意味，推究其故，應在於杜甫從兩位僧友處得到的不只是朋友間濡沫親情之安慰，還更有佛理的點化開悟，這從「夜闌接軟語」的「軟語」一詞可以得到證明。「軟語」固然可以理解為友朋間的款好低語，使此詩更具親切溫馨之情味，但這只是杜甫健筆妙涉之下豐富多義的一種表現；不可否認，「軟語」也仍保有佛理之一義。《華嚴經》曰：「菩薩摩訶薩有十種語，一者柔軟語，能使一切眾生得安穩。」〔註86〕《維摩經》也說：「所言誠諦，常以軟語，眷屬不離，善和爭訟。」〔註87〕在佛理軟語渡化下，杜甫由衷得到慰藉和安穩，因此在家國喪敗、羈旅道途之中得以將一切汲汲憂念暫

〔註85〕見清・仇兆鰲：《杜詩詳注》卷九，頁767。此語今本《杜臆》無。
〔註86〕見清・仇兆鰲：《杜詩詳注》卷九，頁768。
〔註87〕見清・仇兆鰲：《杜詩詳注》卷九，頁768。

時放下，回到清靜無慮、灑然不塵之心理狀態；此時一旦驀然與景湊泊，便得天心月圓，故而下面才接著道：「漠漠世界黑，驅驅爭奪繁。惟有摩尼珠，可照濁水源。」直接肯定佛理之安穩光明了。

這種困頓之中託庇於佛廕，所謂「漂然薄遊倦，始與道侶敦」，而得心靈喜滿之現象，對篤守儒業、全心入世的杜甫來說是極不尋常的，但並非突兀而不可能的。杜甫胸次浩然，涵茹博大，最具「轉益多師」之胸襟，於佛理之平和高妙自亦能虛心體會，此觀〈別李祕書始興寺所居〉曰：「重聞西方止觀經，老身古寺風泠泠。妻兒待米且歸去，明日杖藜來細聽。」也可得到證明。對於年老的杜甫而言，能夠重聞止觀經義是可珍惜的，因此即使杖藜也願前去細細傾聽；只是人倫百姓終究是他割捨不下的終極關懷，因此妻兒待米時便須歸去，百姓憂疾時便一往繫念，於佛理清境最多只是暫時親炙而已，不得長駐。然也正因如此，長久深切的艱難重擔一旦獲得蘇息，其喜樂平和也就更加珍貴可感，化爲景物，便得喜滿無限的月之意象。這是此期滿月的特質之二——表現佛理的喜滿安穩。

其中表現友朋間親好歡洽的月，在〈奉濟驛重送嚴公四韻〉中也有極爲感人的面貌：

　　　　遠送從此別，青山空復情。幾時杯重把，昨夜月同行。
　　　　列郡謳歌惜，三朝出入榮。江村獨歸處，寂寞養殘生。

嚴武是杜甫在成都最大的生活依靠，《新唐書》傳曰：「嚴武節度劍南東西川，往依焉。武再帥劍南，表爲參謀、檢校工部員外郎。武以世舊，待甫甚善。」〔註88〕在這種非常之交誼下，兩人的分聚離合就令杜甫感到格外深切。從首句遠送的依依惜別，到末聯杜甫獨歸後寂寞殘生的預期，加上「空」、「獨」、「殘」、「寂寞」等字詞的強化，都顯示這次的送別是十分酸楚的。仇兆鰲曰：「三四言後會無期，而往事難再。語用倒挽，方見曲折。」〔註89〕在這後會無期的

〔註88〕見清‧仇兆鰲：《杜詩詳注》，頁6。
〔註89〕見清‧仇兆鰲：《杜詩詳注》卷十一，頁916。

深沉悲鬱中，昨夜相聚之時便顯得特別溫馨珍重了。所謂「昨夜月同行」，同行的其實不只是月，還是即將遠別的親人一般的朋友；月即是人，人即是月，同行互持，結伴相依，具有深厚的關係和濃郁的情味，不但其景致宛然在目，其情意亦復無限，充分將離別前夕低迴不捨的情景傳達出來。杜甫這句詩也令我們想到前引梁朱超「唯餘故樓月，遠近必隨人」的詩句，此聯表現了朱超觀察細密的眼光，月也隱隱有伴隨孤舟，慰藉詩人之意，但似不及此句的精錬和情景渾融。

「隴月向人圓」和「落月如金盆」是以形狀見意，「昨夜月同行」則是以行動表情，都能有圓滿完足的意象表現。到杜甫出蜀入夔的後期階段，月的意象就趨向於危疑聳動、不復有此圓滿的面貌。不過，在探討後期的月之前，我們仍應指出，中期的月已蘊藏有危疑不安的性質，最明顯的是〈玩月呈漢中王〉一詩所表現者：

> 夜深露氣清，江月滿江城。浮客轉危坐，歸舟應獨行。
> 關山同一照，烏鵲自多驚。欲得淮王術，風吹暈已生。

詩題曰「玩月」，詩意則毫無賞玩之意。從頷聯的浮客危坐、歸舟獨行，已暗孕孤危之端，腹聯的月照鵲驚則將此端擴大、突顯，仇兆鰲評腹聯曰：「關山同照，王亦遠謫也。烏鵲多驚，自歎羈孤也。二句詠月下情景。」〔註90〕實則籠罩關山的月光中，似乎隱約帶有令人不安的性質，成爲烏鵲受驚的一個根由。「烏鵲多驚，自歎羈孤」之說則指出杜甫移情入物，與烏鵲同感驚疑，可見月光對於杜甫已漸有負面的投射。另外在去蜀前一年，杜甫深感幕府束縛，而漸有出幕之想，所謂：「胡爲來幕下，只合在舟中。」（〈遣悶奉呈嚴公二十韻〉）其時所作的〈倦夜〉一詩亦曰：

> 竹涼侵臥內，野月滿庭隅。重露成涓滴，稀星乍有無。
> 暗飛螢自照，水宿鳥相呼。萬事干戈裏，空悲清夜徂。

杜甫竟夕不寐，注意到露水逐漸凝聚成重露而滴下的過程，也感受到

〔註90〕清・仇兆鰲：《杜詩詳注》卷十一，頁946。

深夜侵逼入內的涼意，在這稀星閃動，竹涼侵逼的倦夜裏，月是「野月」，其義不只是郊野之月，更帶有荒涼可懼的意味；而這種荒涼可懼之月還遍照庭中每一個角落，隱隱也和涼意一樣有侵逼臥內之感，使整個夜景充滿不安的感受。在後期夔州詩中的月，就展示了更加強烈的力量：

> 飛星過水白，落月動沙虛。（〈中宵〉）
>
> 魚龍迴夜水，星月動秋山。（〈草閣〉）

仇兆鰲注〈中宵〉一聯曰：「一就迅疾中取象，一從恍惚中描神。」〔註91〕注〈草閣〉一聯曰：「動秋山，光閃爍也。」〔註92〕這種「從恍惚中描神」的說法頗能解釋「星月動秋山」和「落月動沙虛」的現實合理性，也能傳達一種奇特的想像力，因此比黃生評〈草閣〉一聯所說：「寫景精刻，而句法復奇特如此。」〔註93〕更加詳盡切要。不過這種力能撼動秋山的月仍帶有自發的主動性意味，正如〈西閣夜〉中的月一樣：

> 恍惚寒江暮，逶迤白霧昏。山虛風落石，樓靜月侵門。
>
> 擊柝可憐子，無衣何處村？時危關百慮，盜賊爾猶存。

困窘無衣又憂慮時危的詩人，看到的是在江寒霧昏、山虛樓靜中侵門而入的月，用一「侵」字，月的行動呼之欲出，正和〈倦夜〉的「竹涼侵臥內」、〈夜雨〉的「野涼侵閉戶」相呼應，而更帶有不懷好意的企圖感，充滿危機逼臨的緊張疑懼。這樣的意象和同期的鷗鳥有同質一貫的表現，與下節的分析可以互觀。

其他詩中的月，則有不少是完全與杜甫自身生命狀態融合為一，成為他生命狀態具體化的形象表達：

> 細草微風岸，危檣獨夜舟。星垂平野闊，月湧大江流。（〈旅夜書懷〉）
>
> 孤月當樓滿，寒江動夜扉。委波金不定，照席綺逾依。（〈月

〔註91〕清・仇兆鰲：《杜詩詳注》卷十七，頁1463。
〔註92〕清・仇兆鰲：《杜詩詳注》卷十七，頁1469。
〔註93〕見清・黃生：《杜工部詩說》卷五，頁267。

圓》）

暝色延山徑，高齋次水門。薄雲巖際宿，孤月浪中翻。（《宿江邊閣》）

萬象皆春氣，孤槎自客星。隨波無限月，的的近南溟。（《宿白沙驛》）

江漢思歸客，乾坤一腐儒。片雲天共遠，永夜月同孤。（《江漢》）

其中的月或直曰「孤月」，或與孤槎、獨舟相應，全部都反映了孤獨的性質；而五首中有四首屬於水月，如「月湧大江流」、「委波金不定」、「孤月浪中翻」、「隨波無限月」等，又屬於翻湧不定的形象。這種孤獨無依、漂泊不定的形象，完全是杜甫自身的寫照。因此黃生注〈宿江邊閣〉曰：「三四又用意在『薄』字、『孤』字，皆自喻也。『浪中翻』，漂泊無定；『巖際宿』，暫此依棲。」〔註94〕仇兆鰲注「隨波無限月」一聯亦云：「即景借物形己，巧法兼備。」〔註95〕指出隨波漸行漸遠、無所止涯的月，其實也正是舟楫茫然的杜甫。兩人所謂的「自喻」、「借物形己」便都是有見於此之說。此外在〈雨〉和〈宴王使君宅題〉兩詩中，我們也看到意象詭奇的月：

悠悠邊月破，鬱鬱流年度。（《雨》）

江湖墮清月，酩酊任扶還。（《宴王使君宅題》）

兩詩不言月缺而曰月破，不言月落而曰月墮，「破」字、「墮」字用字強烈而大膽，賦予月在一般物理性質之外，一種新的質地和表現的可能性，予人極端聳動的感受。其中的「江湖墮清月」與下句「酩酊任扶還」有著脈絡上平行的內在關係：流寓湘潭、酒醉頹倒的杜甫，正是江湖上迅速沉落的月；用一「墮」字，雙綰月的落姿和詩人的醉態，形象鮮明，而且傳達了沉重寥落的不言之意，正是心物交融的渾成表現。這種物我為一的特質在與南朝某些造語用意類似的詩句比較時，最能顯示出來。茲表列如下：

〔註94〕見清・黃生：《杜工部詩說》卷七，頁390。

〔註95〕清・仇兆鰲：《杜詩詳注》卷二十二，頁1954。

1. 江湖墮清月，酩酊任扶還。（杜甫〈宴王使君宅題〉）
   但問情若爲，月就雲中墮。（宋‧謝靈運〈東陽谿中贈答詩二首〉之二）
2. 隨波無限月，的的近南溟。（杜甫〈宿白沙驛〉）
   庭中無限月，思婦夜鳴砧。（梁‧江洪〈秋風曲三首〉之三）
3. 薄雲巖際宿，孤月浪中翻。（杜甫〈宿江邊閣〉）
   暝還雲際宿，弄此石上月。（宋‧謝靈運〈石門巖上宿〉）
   薄雲巖際出，初月波中上。（梁‧何遜〈入西塞示南府同僚詩〉）

〔註96〕

三組六朝詩例中的月雖然意象新警，但都不失客觀寫實的意味，仇兆鰲對第三組詩便指出這個特質：「何仲言詩，尚在實處摩景。此用前人成句，只換轉一二字間，便覺點睛欲飛。」〔註97〕其中所謂「點睛欲飛」的根由，便在於杜甫詩中的月表現的一種非獨寫實的「純粹空想的造型」〔註98〕，也就是在物我合一觀物方式中，月已非實際經驗的客觀存在物，而是帶有極強烈主觀象喻的內涵，可以直接而充分地在月的型態中透顯詩人的自我形象和生命情境；因此那些隨波無限的、墮於江湖的、浪中翻湧的，都是月，也都是杜甫自己。借一物象而彼我兼攝，一體呈現，正是意象塑造上生動欲飛的高度境界。

在這種基礎上，杜甫也並非有意對明月之好視而不見，全以個人偏執之心緒否定客觀存在的多樣性，這絕不是杜甫開闊博大之心性的表現。只是孤帆命運未卜，內心悲感無止，月雖好而人不圓，徒增一層傷懷而已，因爲「月是故鄉明」（〈月夜憶舍弟〉），唯月愈好而自己就愈孤獨。下列詩例都是很好的說明：

永夜角聲悲自語，中天月色好誰看？（〈宿府〉）
不知明月爲誰好？早晚孤帆他日歸。（〈秋風二首〉之二）

〔註96〕以上四首詩見逯欽立輯校：《先秦漢魏晉南北朝詩》，依序見頁1185、頁2073、頁1167和頁1684。
〔註97〕清‧仇兆鰲：《杜詩詳注》卷十七，頁1469。
〔註98〕見〔日〕吉川幸次郎：〈杜甫與月〉一文，收入《杜詩論集》（東京：筑摩書房），頁218。

風月自清夜，江山非故園。(〈日暮〉)

明月生長好，浮雲薄漸遮。悠悠照邊塞，悄悄憶京華。(〈季
秋蘇五弟纓江樓夜宴崔十三評事韋少府姪三首〉之三)

這裡的月雖不一定是圓月，卻必然是美好的月。只是其中透露的強烈
的異鄉之感，使月之美好添注一層陌生、多餘而無奈的特質。但這種
陌生多餘而萬般無奈之意味仍是杜甫以深情投入之後，進一步再反芻
出來的結果，所謂愛之深責之切，沒有悉心愛賞又如何能生出如此深
切的欠缺之憾？四首詩或說明月雖好而看者無心、拒不受用，或說明
月雖生長美好、卻有薄雲遮卻，總之是表現一種面對美好事物時，卻
徘徊在接受與抗拒之間的心理矛盾。這種對月時心態的矛盾、曲折，
和前面所說物我兼融的月，是有同質的關連的。吉川幸次郎指出：「杜
甫覺得月色本身淒涼不健康。他似乎在蒼白月色中感到一些不祥可怕
的東西；或將月色詠成可厭，應予拒絕之物。」〔註99〕這對「侵門」
而入的月而言，是可以成立的，能闡發那份危疑不安之感；不過就那
些物我一體的月如「孤月浪中翻」等，此言便大可商榷，尤其從「明
月不知為誰好」等句看來，杜甫不是因為月色不祥或可厭而有拒絕之
心，反而是因為月色太好，產生了更加彰顯自己之孤獨寥落的反襯作
用，才有欲賞還拒的矛盾心情。由此也可以看到，杜甫此期的月，不
但出現數量繁多，遠勝於前面兩期，且在始終一貫的觀省特質中，更
有複雜而曲折的意象表現。

　　從前文分析中，我們可以看到杜甫生命中三個大階段的月之意象
有著明顯的轉變，每一階段對月的掌握也都呈現極為不同的側面，和
杜甫的生命發展息息相關。前期的清光明輝，中期的親情喜滿，後期
的危疑孤淒，都是極為飽滿的意象表達，比之六朝，顯然可見杜甫在
「意」的投入和「象」的觀察兩方面，都有更加深細精密的表現。吉
川幸次郎在這種縱向的比較中曾指出：對比於六朝詩人，杜甫描寫了
他們所未曾歌詠的不愉快的風景，而表現了「注目世界上的一切的廣

〔註99〕〔日〕吉川幸次郎：〈杜甫與月〉，頁220。

闊的眼光，因此這不愉快的風景，也就不可忽視。」〔註100〕這正是
我們在分析月之意象塑造後可以證明的。杜甫以一人之力，而能在月
的意象塑造上表現出齊平前人、乃至超乎前人的創作力，正可以顯示
杜甫詩歌集大成而又開新的意義。

〔註100〕 見〔日〕吉川幸次郎著、孫昌武譯：〈杜甫的詩論與詩〉一文，收
　　　　入蕭滌非主編：《唐代文學論叢》總第七輯（西安：陝西人民出版
　　　　社，1986 年 1 月），頁 62。

第三章　意象主題（下）

第一節　鷗鳥意象——人生歷程變化的軌跡

　　所謂的「鷗」，在詩歌中出現的多是江浦之鷗。若依《南越志》所定義：「江鷗，一名海鷗，在漲海中頗知風雲，若群飛至岸，必風，渡海者以此為候。」〔註1〕則江鷗、海鷗同為一種游禽殆無可議，以下所論鷗鳥意象便依此合併論之，不復區別。

　　《列子》中所述人鷗忘機之故事，是詩歌中鷗鳥意象的一個源頭，〈黃帝篇〉曰：「海上之人有好漚（按：同鷗）鳥者，每旦之海上從漚鳥游，漚鳥之至者百住而不止。其父曰：『吾聞漚鳥皆從汝游，汝取來吾玩之。』明日之海上，漚鳥舞而不下也。」〔註2〕此一「心誠則感物，感物則物我同游無猜」透過鷗鳥來完成其意涵，塑造了鷗鳥意象的第一個側面。到了南朝，正如劉若愚曾指出的，杜甫以前詩歌意象的使用是傾向於偶然的和簡單的（見第一章引語），證諸鷗鳥意象亦是如此，例如鮑照〈上潯陽還都道中作詩〉曰：「鱗鱗夕雲起，獵獵晚風遒。騰沙鬱黃霧，翻浪揚白鷗。登艫眺淮甸，掩泣望荊流。」

〔註1〕見清・仇兆鰲：《杜詩詳注》卷十七所引，頁1531。
〔註2〕見東晉・張湛注：《列子》（臺北：藝文印書館，1975年9月），頁29。

〔註3〕全詩中途以鷗托興，頗能體現詩人漂蕩征途之形象感受，意味深長，但對照全集，仍屬集中孤例，因而不失偶然的特性。此外，梁朝何遜的〈詠白鷗兼嘲別者詩〉是在詠物盛行之風氣中所產生的唯一一首詠鷗詩，詩曰：

> 可憐雙白鷗，朝夕水上遊。何言異棲息，雌住雄不留。
> 孤飛出澈浦，獨宿下滄州。東西從此別，影響絕無由。
> 〔註4〕

全詩以本自同棲共遊卻被迫孤飛獨宿的雙白鷗，來比喻自己與送別者之間的關係，帶有詩人自喻喻人的象徵意旨；但詩人取之以爲平行並比之關鍵，只在於鷗所具有的「水鳥」的一般屬性，而不在於鷗之爲「鷗」的個別特質，這點由何遜全集中來比看，尤爲明顯。首先，除了此詩之外，鷗鳥意象在其集中未再出現，此詩可謂孤例；而何遜用一般的鳥意象來表達離異孤飛之主題的詩卻所在多有，例如〈道中贈桓司馬季珪詩〉說：「晨纜雖同解，晚洲阻共入。猶如征鳥飛，差池不可及。本願申羈旅，何言異翔集。」和〈南還道中送贈劉諮議別詩〉提到的「游魚上急水，獨鳥赴行楂」〔註5〕等等，都證明了這首詠鷗詩乃取鷗之爲鳥的一般屬性以入詠，而且此一般屬性也出以一種簡單的側面來表現，對意象作爲展示詩人生命整體的豐富性要求而言，顯然是不夠的。

除了鮑照、何遜之外，南朝詩人中尙有謝靈運、謝朓、江淹、劉瑱、任昉、庾信、江總、隋煬帝楊廣等運用過鷗鳥意象，其中亦不乏佳作，如謝靈運〈於南山往北山經湖中瞻眺〉云：「海鷗戲春岸，天雞弄和風。」庾信〈奉和永豐殿下言志詩十首〉之九曰：「野鶴能自獵，江鷗解獨漁。」〔註6〕但就各別作家而言，這一個意象多屬集中

〔註3〕見逯欽立輯校：《先秦漢魏晉南北朝詩》（臺北：木鐸出版社，1983年9月），頁1291。

〔註4〕見逯欽立輯校：《先秦漢魏晉南北朝詩》，頁1707。

〔註5〕見逯欽立輯校：《先秦漢魏晉南北朝詩》，分見頁1683、頁1687。

〔註6〕見逯欽立輯校：《先秦漢魏晉南北朝詩》，頁1172、頁2390。另如謝

孤例，很少能擔負起完整地透顯詩人生命狀態的功能。而相對於南朝這種「偶然而簡單」的意象表現，杜甫詩中的鷗鳥意象便顯示了「有意而複雜」的典型，集中出現有鷗鳥意象的詩，約有三十五首，超過南朝同一意象數目的總和；且持續不斷地出現，隨著杜甫生命史的轉變歷程而遷異，正足以做為探究詩人生命狀態和自我認知的意象主題之一。

最早出現鷗鳥意象的詩是玄宗天寶六年，杜甫三十六歲時所作的〈奉贈韋左丞丈二十二韻〉：

> 紈袴不餓死，儒冠多誤身。丈人試靜聽，賤子請具陳。
> 甫昔少年日，早充觀國賓。讀書破萬卷，下筆如有神。
> 賦料揚雄敵，詩看子建親。李邕求識面，王翰願卜鄰。
> 自謂頗挺出，立登要路津。致君堯舜上，再使風俗淳。
> 此意竟蕭條，行歌非隱淪。騎驢十三載，旅食京華春。
> 朝扣富兒門，暮隨肥馬塵。殘杯與冷炙，到處潛悲辛。
> 主上頃見徵，欻然欲求伸，青冥卻垂翅，蹭蹬無縱鱗。
> 甚愧丈人厚，甚知丈人真。每於百僚上，猥誦佳句新。
> 竊效貢公喜，難甘原憲貧。焉能心快快？只是走踆踆。
> 今欲東入海，即將西去秦。尚憐終南山，回首清渭濱。
> 常擬報一飯，況懷辭大臣。白鷗沒浩蕩，萬里誰能馴！

對一個具備濟世理想（所謂「致君堯舜上，再使風俗淳」）和才華能力（所謂「讀書破萬卷，下筆如有神」），並且時時以濟時大願自重或期許他人〔註7〕的詩人而言，十三年殘杯冷炙、騎驢旅食的悲辛歲月

　　脁〈遊山詩〉曰：「鼯狖叫層嶻，鷗鳧戲沙汀。」劉瑱〈上湘度琵琶磯詩〉曰：「頡頏鷗舞白，流亂葉飛紅。」江淹〈孫廷尉綽雜述〉云：「物我俱忘懷，可以狎鷗鳥。」江總〈贈賀左丞蕭舍人〉謂：「翔鷗方怯凍，落鴈不勝彈。」以及隋煬帝〈望海〉所言：「馴鷗舊可狎，卉木足為群。」等皆是，見同書，頁 1424、頁 1470、頁 1576、頁 2581、頁 2670。

〔註7〕其它如〈奉送嚴公入朝十韻〉的「公若登臺輔，臨危莫愛身」、〈歲暮〉的「濟時敢愛死，寂寞壯士驚」、〈可歎〉的「致君堯舜焉肯朽」、〈敬寄族弟唐十八使君〉的「濟時肯殺身」和〈暮秋枉裴州手札率

已是一種對才德者的沈痛反諷，而在主上忽然見徵的一線希望中，卻得到垂翅躕蹭的打擊，使得寬厚如杜甫者也不得不慨嘆「儒冠多誤身」而有踆踆去國之思了。王嗣奭曰：「此詩全篇陳情，直抒胸臆，如寫尺牘，而縱橫轉折，感憤悲壯，繾綣躊躇，曲盡其妙。……末段憤激語，紆迴婉轉，無限深情。」〔註8〕這種直抒胸臆而又曲迴轉折所造成的悲壯深情，顯然並非如龔自珍所批評的「頗覺少陵詩吻薄，但言朝叩富兒門」〔註9〕如此簡單的卑薄之感。事實上全詩行文沈鬱頓挫，起落之間表現理想才調愈高而與現實之落差就愈驚人，非但其詞坦蕩，更無憤世嫉俗的粗率，且在歷述一生的困頓不伸之後，杜甫在篇終所總結的也並不是消沉乞憐的姿態，反而將自首段的昂藏自負後便一直沈淪低挫的調子再度拔高，以一隻投入於波瀾浩蕩的白鷗自況，寄予無比寬闊的展望前景；而前文層層蓄積到頂點的困厄挫餒，便也藉著無馴之白鷗的舉翼而傾瀉萬里，在壯闊無際的青冥中，垂翅已久的詩人超越了世情薄俗，再度得到了自由翱翔的新生命。

杜甫詩中以脫縱無馴之意象作結的，尚有〈通泉縣署壁後薛少保畫鶴〉一詩末聯：「赤霄有真骨，恥飲洿池津。冥冥任所往，脫略誰能馴！」這種結構安排，正如前文第二章第一節對〈佳人詩〉的分析所指出的一樣，以形象作為頓筆收束，不但促進此一形象涵攝了前文所有的意念指涉，而擴大其內容蓄積，因為「過去之要素總附隨於新的呈象」〔註10〕，這時，白鷗意象也就達到最飽滿的完成；而在總結前文、收筆合束後更能進一步宕開，反過來讓白鷗萬里展飛的意象引

　　爾遣興寄遞呈蘇渙侍御〉的「致君堯舜付公等，早據要路思捐軀」等，都表示了杜甫之濟世願望直至暮年仍未嘗稍減。

〔註8〕見明・王嗣奭撰，曹樹銘增校：《杜臆增校》（臺北：藝文印書館，1971年10月），頁16。

〔註9〕清・龔自珍：〈雜詩〉三首之三，見《定盦文集》（臺北：臺灣商務印書館四部叢刊本），頁123。

〔註10〕見〔德〕衣沙爾（Wolfgang Iser）著，岑溢成譯：〈閱讀過程中的被動綜合〉一文，收於鄭樹森編：《現象學與文學批評》（臺北：東大圖書公司，1991年4月），頁103。

導讀者對詩人之未來產生無限的想像，遂而餘味無窮。吳瞻泰所指出的：「結二語，全體俱振，悠揚跌宕，亦推開法也。……觀此一結，何其意味深長耶！」〔註11〕正是此意。另外，黃養性所謂：

> 篇中皆陳情告訴之語，而無干望請謁之私，詞氣磊落，傲睨
> 宇宙，可見公雖困躓之中，英鋒俊彩，未嘗少挫也。〔註12〕

這整體磊落傲睨，「英鋒俊彩，未嘗少挫」的體會，一大部分正是來自於末聯的啓發作用：「白鷗沒浩蕩，萬里誰能馴」一面呼應了前文「垂翅」的比喻，顯示詩人在困躓中奮力振拔的自覺意識，一面也是詩人肯定自我能力、愛惜自我德操的宣示；此外也有猶疑（所謂「尚憐」、「回首」）之後的決絕和超脫束縛之感。三十六歲長安時期的壯年杜甫所創造的鷗鳥意象，是傲睨天際、磊落自負，絕不爲現實困窘所挫的堅毅性格的象徵。

　　而這意欲「浩蕩乘滄溟」（〈橋陵〉詩）的鷗鳥到了約十年後杜甫四十八歲時，卻隨著他顛躓奔勞的生涯而有了劇烈的轉變。肅宗乾元年間正是杜甫後半生「漂泊西南天地間」（〈詠懷古跡五首〉之一）的開始，自任華州司功參軍職時，已兵連禍結、關輔大饑；棄官後遠遊至秦州，更是地僻人疏，前程未卜，而道路辛苦，妻小連累，故交鄭虔、賈至、嚴武也接連被貶，「滿目悲生事」（秦州雜詩二十首之一）之沈重心情與生存負擔，使得昔日英爽不馴的鷗鳥也蒙上生事的徬徨艱難。以下三首乾元年間所作的詩最能顯出這個轉變：

> 空外一鷙鳥，河間雙白鷗。飄颻搏擊便，容易往來遊。（〈獨
> 立〉）
> 昔如水上鷗，今爲罝中兔。性命由他人，悲辛但狂顧。（〈有
> 懷台州鄭十八司戶〉）
> 浦鷗防碎首，霜鶻不空拳。地僻皆炎瘴，山稠隘石泉。（〈寄
> 岳州賈司馬六丈巴州嚴八使君兩閣老五十韻〉）

〔註11〕見清‧吳瞻泰：《杜詩提要》（臺北：臺灣大通書局，1974 年 10 月），
　　　　卷一，頁 79～80。
〔註12〕清‧仇兆鰲引，見《杜詩詳注》卷一，頁 79。

回憶中乘風冥搜的鷗鳥如今屈身於地僻山稠之中，時時要謹警於鷙鳥搏擊、霜鶻碎首的危險，仇兆鰲註第一首詩引趙註曰：「白鷗，比君子之幽放者。……鷙鳥方恣行搏擊，白鷗可輕易往來乎？危之也。」〔註13〕而第二首詩中與「水上鷗」對舉的「罝中兔」的意象，正與鷙鳥、霜鶻威脅下的浦鷗有著同質的內在連繫，更顯出鷗鳥極度危殆，所謂「性命由他人」的處境，其詩不但喻人，兼且況己。浩蕩波濤中無馴的鷗鳥已落入極端困絕之中，連生命亦不得自主，這是杜詩中鷗鳥意象主題的第一個曲折表現。

　　同年由秦州至同谷，冬晚再到蜀州，「一歲四行役」（〈發同谷縣〉）的匆迫和一路上間關險絕、窮饑欲死的行程，對照後來「對詩人有多麼重大的意義」〔註14〕的成都浣花溪畔茅屋數間的安定生活，更容易突顯意象轉變的內在因素。從上元元年到代宗永泰元年的六年居蜀時期〔註15〕，其大致安寧閒適的生活反映到詩歌創作中，也塑造了親和細膩的鷗鳥意象，這點由此期一共出現十一次的諸作可知：

> 清江一曲抱村流，長夏江村事事幽。自去自來梁上燕，相親相近水中鷗。（〈江村〉）
> 細動迎風燕，輕搖逐浪鷗。漁人縈小楫，容易拔船頭。（〈江漲〉）
> 衰疾江邊臥，親朋日暮迴。白鷗原水宿，何事有餘哀。（〈雲山〉）
> 舍南舍北皆春水，但見群鷗日日來。花徑不曾緣客掃，蓬門今始為君開。（〈客至〉）
> 囀枝黃鳥近，泛渚白鷗輕。一逕野花落，孤村春水生。（〈遣意二首〉之一）
> 山縣早休市，江橋春聚船。狎鷗輕白浪，歸雁喜青天。（〈倚杖〉）

〔註13〕見清・仇兆鰲：《杜詩詳注》卷六，頁495。
〔註14〕引自方瑜：〈浣花溪畔草堂閒〉，中國古典文學研究會主編：《古典文學》第二集（臺北：臺灣學生書局，1980年12月），頁156。
〔註15〕此繫年依劉孟伉主編：《杜甫年譜》（臺北：學海書局，1978年9月）。

倚杖看孤石，傾壺就淺沙。遠鷗浮水靜，輕燕受風斜。（〈春歸〉）

燕入非旁舍，鷗歸祇故池。斷橋無復板，臥柳自生枝。（〈過故斛斯校書莊二首〉之二）

野外堂依竹，籬邊水向城。蟻浮仍臘味，鷗泛已春聲。（〈正月三日歸溪上有作〉）

燕外晴絲卷，鷗邊水葉開。鄰家送魚鱉，問我數能來。（〈春日江村五首〉之四）

江渚翻鷗戲，官橋帶柳陰。花飛競渡日，草見踏青心。（〈長吟〉）

以上十一例中的鷗鳥都在孤村清江、舍旁籬邊的背景中出現，在詩人眼中或相親相近，或浮泛翻戲，大都帶有「明朗溫馨，對大自然滿懷善意的觀察態度」〔註16〕。不僅如此，此期之鷗鳥意象更有二大特色：其一為半數詩例所寫都與燕同時並舉。燕結居家屋樑椽之下，不入旁舍，又秋去春來，不失其約，最具有家庭和融、依戀的親切聯想；而鷗為漂泊之禽，如今隨之來去並現，同具輕巧閒適的美感，兩者意象之界限於詩人眼目之中已漸模糊，似乎在漂泊他鄉的棲遲依違中，安適平靜的生活仍能帶來短暫的家居之安慰，而在此種家居的平穩安定心境中，也就產生燕鷗「來去並現」此一界限模糊的觀照了。這從「燕入非旁舍，鷗鳥祇故池」一聯所隱隱涵蘊者，即異地之斷橋臥柳似也化為虛幻的故鄉，最能透顯此意。

此期鷗鳥意象的另一項特色是與春天意象的結合。上引十一首詩例中有七首是寫作於春天的背景中，佔過六成之強〔註17〕，這些在春水的欣欣生意中翩遊輕泛的鷗鳥形象都是在詩人安適自在的心境中完成的，唯天機與人情的相會共感，才能寫出一片陶然輕悠之春容春

〔註16〕引自方瑜：〈浣花溪畔草堂閒〉，中國古典文學研究會主編：《古典文學》第二集，頁178。

〔註17〕除〈江村〉、〈江漲〉、〈雲山〉、〈過故斛斯校書莊〉四首外，餘各首或由詩題點明，或由詩中點出，〈長吟〉一首則有「花飛競渡日」句，仇兆鰲亦編入春作，合有七首之多。

聲。所謂：「動曰細，搖曰輕，因鷗燕之得趣，亦若水使之然。此於無情中看出有情。」〔註18〕便是指詩人有情的觀看是點染度化鷗燕之閒趣意味的基礎。另外，西方批評家佛萊（Northrop Frye, 1912～1991）所研究提出的文學「基型論」（Archetypal criticism）中指出，不同文化環境中的作家筆下常會出現一些共通的意象或象徵的基型，這些基型中，晨昏春秋人生文學各類都有其相應的對比，例如春天意象正與黎明和誕生時期同屬於喜劇境界，且此一喜劇境界也常表現出田園牧歌和平靜河流之意象的基型〔註19〕。依此，則成都草堂時期鷗鳥意象與春天、春水意象的結合，不但是出於杜甫本身主觀的意向投射，而自然透顯詩人當前閒適的生命情境，且其間之縋合連繫也自有其一般性客觀的感受脈絡可尋。無論如何，以上所提出的與燕並舉、與春結合的兩個現象，更促使杜甫筆下的鷗鳥意象進入了第二個轉折，塑造了家居之安適平和與春天之希望欣悅的雙重特質。

這一特質到了杜甫終於抑止不住回京歸鄉之思，而在代宗永泰元年動身東下戎、嘉、渝、忠各州，開始另一段未卜的旅程之後，又有一種截然不同的改變：

> 五載客蜀郡，一年居梓州。如何關塞阻，轉作瀟湘遊。
> 萬事已黃髮，殘生隨白鷗。安危大臣在，何必淚長流。（〈去蜀〉）
> 細草微風岸，危檣獨夜舟。星垂平野闊，月湧大江流。
> 名豈文章著，官應老病休。飄飄何所似？天地一沙鷗。（〈旅夜書懷〉）
> 柔櫓輕鷗外，含悽覺汝賢。（〈船下夔州郭宿別王十二判官〉）

年已五十四又身放江湖的一個老病詩人，既無官位，亦缺乏賴以奮鬥

〔註18〕明‧王嗣奭《杜臆》語，見清‧仇兆鰲：《杜詩詳注》卷九，頁 747。今本《杜臆》無。

〔註19〕有關佛萊「基型論」，可參考黃維樑：〈春的悅豫與秋的陰沉──試用佛萊「基型論」觀點析杜甫的「客至」與「登高」〉一文，收入中國古典文學研究會主編：《古典文學》第七集（臺北：臺灣學生書局，1985 年 8 月）。

的青春憑藉，徒能憂時淚流，又何補於事？「國家安危，自有大臣負荷」，而壯歲懷抱致君堯舜之濟世大願的詩人，如今「萬事無成，早已黃髮；殘生有限，空逐白鷗」〔註20〕，兼濟天下之志業與獨善其身之自得兩相落空，而憂時之念實不容已，卻再無草堂閒居之樂暫時可慰。因此，這時的鷗鳥雖仍為杜甫所追隨注目，卻只得到老病之殘生餘年的寄託，而不是悅豫盎然的一片春心；而在「危」、「獨」的旅夜中書寫懷抱時，杜甫更進一步將自己化為天地間一隻飄然無依的沙鷗，不知將要孤獨地飛往何處；仇兆鰲所謂：「一沙鷗，仍應上『獨』字。」〔註21〕正是此意。「飄飄何所似？天地一沙鷗」這種設問自詰自答的形式是杜甫強烈地自覺認同於沙鷗的表示，加以結合了佛萊基型論中湧動大江的悲劇意象和孤舟意象，此時的鷗鳥正是杜甫暮年的漂泊與孤獨的具體化。因此舟中杜甫才會留意到除柔櫓之外，只有輕鷗和少數友情伴隨，而因之感到悽涼了。這是杜甫筆下鷗鳥意象的第三轉折。

　　然而杜甫雖有「轉作瀟湘遊」的打算，中途卻在臨近瞿唐峽之夔州（四川奉節縣）居留了近兩年的時光，這段夔府時期（大曆元年初夏到大曆三年春）是杜甫晚年最後一段安定的歲月，時有田圃柑林，雖無久居之計，且亦有伐木樹柵、接筒引水之勞，然園林平居之樂仍足快慰〔註22〕。不過此期之鷗鳥意象雖一掃前期衰殘飄索之氣息，卻也與成都時期有著明顯差異，先觀其詩如下：

　　　　親知天畔少，藥餌峽中無。歸楫生衣臥，春鷗洗翅呼。（〈寄韋有夏郎中〉）

　　　　晴浴狎鷗分處處，雨隨神女下朝朝。（〈夔州歌十絕句〉之六）

　　　　珠簾繡柱圍黃鵠，錦纜牙檣起白鷗。回首可憐歌舞地，秦

〔註20〕兩段引文見清‧黃生：《杜工部詩說》（京都：中文出版社，1976 年6 月），卷七，頁 383。

〔註21〕見清‧仇兆鰲：《杜詩詳注》卷十四，頁 1229。

〔註22〕有關杜甫夔州時期的生活，可參考方瑜：《杜甫夔州詩析論》（臺北：幼獅文化公司，1985 年 5 月）。

中自古帝王州。(〈秋興八首〉之六)

江浦寒鷗戲，無他亦自饒。卻思翻玉羽，隨意點青苗。

雪暗還須浴，風生一任飄。幾群滄海上，清影日蕭蕭。(〈鷗〉)

年侵頻悵望，興遠一蕭疏。猿掛時相學，鷗行炯自如。(〈瀼西寒望〉)

巫峽盤渦曉，黔陽貢物秋。篙工幸不溺，俄頃逐輕鷗。(〈覆舟二首〉之一)

鷗鳥鏡裏來，關山雪邊看。(〈行官張望補稻畦水歸〉)

樽蟻添相續，沙鷗並一雙。(〈季秋蘇五弟纓江樓夜宴崔十三評事韋少府姪三首〉之二)

猿捷長難見，鷗輕故不還。無錢從滯客，有鏡巧催顏。(〈悶〉)

浦帆晨初發，郊扉冷未開。林疏黃葉墜，野靜白鷗來。(〈朝二首〉之二)

暮秋霑物冷，今日過雲遲。上馬回休出，看鷗坐不移。(〈雨四首〉之二)

楚雨石苔滋，京華消息遲。山寒青兕叫，江晚白鷗飢。(〈雨四首〉之四)

江度寒山閣，城高絕塞樓。……急急能鳴雁，輕輕不下鷗。(〈白帝城樓〉)

以上十三首居夔以後的作品中，就有十首之多是創作於秋冬寒瑟的背景〔註23〕，鷗鳥意象與秋冬意象的結合所佔比例之高更勝以往各期，十分值得注意。首先，除了受到山寒林疏以及朔風雪邊的秋冬背景染化外，詩中同時出現的「冷」、「寒」、「絕」、「蕭疏」、「蕭蕭」、「炯」、「靜」、「鏡」、「晚」、「飢」等帶有清冷寒度的字質也透過字句結構間的相互作用，也連帶改造了鷗鳥的質性，而反映出清冷、甚至於飢饉的形象；另外值得注意的是，在同屬於安居生活的背景上，草堂時期的鷗鳥所結合的是輕柔的燕子、囀枝的黃鳥和喜歸的雁，而夔州此期與鷗鳥並舉的，卻是高叫的青兕、隨主人避雨休出的馬、急急的鳴雁

〔註23〕從詩題或詩中明點暗示之季節風候為據，除前二首及〈悶〉以外皆是。

和哀聲足以令人下淚的猿，相互影響的結果便造成了哀危疑避的意象感受。對杜甫而言，這時的鷗鳥不再是閒居平樂中相親相近的朋友，洋溢著善意與生機；而是從自野靜無聲中懷飢而「來」，似乎帶著詩人未知的企圖，必須要密切不移地監看（所謂「看鷗坐不移」者）以求因應的對象，仇兆鰲所謂：「回馬看鷗，避雨之事。」〔註24〕正隱隱含有此中消息。

而且不僅當前所見之鷗鳥冷寂堪避，連回憶中的歌舞勝地也以鷗鳥來點染其荒涼現狀，吳瞻泰注〈秋興〉一聯曰：「上四字紀其盛，下三字紀其衰，謂昔日之珠簾繡柱，今但圍黃鵠而已；昔日之錦纜牙檣，今但起白鷗而已，平時歌舞之地，化爲戎馬之場，故曰回首，故曰可憐，一句迴抱上文，十分警策。」〔註25〕顯然此期的杜甫已真正進入到生命沈晦的階段，安定的生活狀態已不再能紓解他在觀省自我生命時所生的沉重壓力，反而是促進流離艱困中所不能培養的「曲折之內省」的基礎。面對「吾衰怯行邁，旅次展崩迫」（〈催宗文樹雞柵〉）的現況和更未可期的未來，不但成都草堂階段時時湧現的幽居素心之樂不可復得，取而代之的反倒是一種深度不安全感，這是一種與秦州時期之慎防鷙鳥搏擊、霜鶻碎首，和出蜀入夔階段的飄然無依都不相同的危機意識。投射於詩中，這種帶有危機性質的鷗鳥意象便反映出杜甫「晚年內心的不安、懷疑」〔註26〕，與前面各期正自迥異，也頗能符合「基型論」中秋天所象徵的悲劇意義，這是杜詩中鷗鳥意象的又一轉折。

大曆三年春，五十七歲的杜甫去夔出峽，將三年前「轉作瀟湘遊」的打算付諸實踐，以致到五十九歲死前的兩年間都過著流寓江潭、以船爲家的日子。這時出現有鷗鳥意象的詩有以下數首：

　　鷗鳥牽絲颿，驪龍濯錦紆。落霞沈綠綺，殘月懷金樞。（〈大

〔註24〕清・仇兆鰲：《杜詩詳注》卷二十，頁 1799。
〔註25〕清・吳瞻泰：《杜詩提要》卷十二，頁 644～645。
〔註26〕〔日〕黑川洋一語，引自方瑜：《杜甫夔州詩析論》，頁 3。

曆三年春白帝城放船出瞿唐峽〉）

濟江元自闊，下水不勞牽。風蝶勤依槳，春鷗懶避船。（〈行
次古城店泛江作〉）

紗帽隨鷗鳥，扁舟繫此亭。江湖深更白，松竹遠微青。（〈泊
松滋江亭〉）

衰年傾蓋晚，費日計舟長。會面思來札，銷魂逐去檣。

雲晴鷗更舞，風逆雁無行。（〈冬晚送長孫漸舍人歸州〉）

這些牽絲颺、懶避船、晴更舞的鷗鳥表面上似乎是閒適平靜的觀照對
象，但是對照詩中結合的其他負面意象如落霞殘月、江湖深白和風逆
無行的雁，則表現出在兩種極端間搖擺不定的矛盾現象，顯示了日人
黑川洋一所指出杜甫晚年詩「不明確，而且相當複雜」﹝註27﹞的特性。
而最可注意的，是四首詩全都與舟船意象結合﹝註28﹞，這清楚顯示杜
甫依舟流徙的生活現狀，和他隨水飄浪的意識投射。人與舟已然合
一，而鷗又與舟船相隨，從詩人對「春鷗懶避船」的觀照可知，杜甫
對這種舟楫不定的日子已產生順任的命定觀，和不加逃避、不加抗拒
（無論是積極的或消極的）的心理傾向，而安於「紗帽隨鷗鳥」的命
運。安於舟楫的詩人眼中看到的便也是懶避船的春鷗，因此即使在逆
風逐浪的扁舟中漂蕩江湖，反能培養出賞玩逸趣的餘裕，而不再全心
耽溺於懷疑、危懼、不平、擔憂和自憐之感，這從大曆四年在潭州所
說的「致君堯舜付公等，早據要路思捐軀」（〈暮秋枉裴道州手札率爾
遣興寄遞呈蘇渙侍御〉）之語也可得到互證。此身已矣，只有坦然接
受這種掙不開的命運，以往汲汲執著之致君堯舜的理想便託付他人，
交棒給下一代的年輕人吧！「白鷗沒浩蕩，萬里誰能馴」的詩人歷經
種種跌宕曲折，到現在已是隨遇而安地「春鷗懶避船」了。這種基於
順認飄蕩之命運的命定態度，所反生出的對周遭景物的閒逸之趣的把
握，凝塑於鷗鳥意象中，便造成此期有別以往的意象轉變。

﹝註27﹞同前。

﹝註28﹞以詩題或詩句所點出為據。

　　由上文的分析，可以發現杜甫詩中的鷗鳥意象表現確與詩人之生活狀態和自覺意識密切相關，其中六個階段的轉折正和他六個主要生命段落若合符契。這個杜詩中持續而複雜曲折的主題意象正代表了詩人一生的縮影，因此對鷗鳥意象的認識可說是掌握杜甫生命演變歷程的一條線索。下面以簡圖將上文所論鷗鳥意象六個階段的轉變作一概要的呈示：

生 命 階 段	代 表 詩 句	主 要 結 合 意 象
長安時期	白鷗沒浩蕩，萬里誰能馴！	萬里大海
秦州時期	浦鷗防碎首，霜鶻不空拳。	鷙鳥、霜鶻、罝中兔、凍餒
成都草堂時期	相親相近水中鷗。 輕搖逐浪鷗。	春天、燕子
去蜀入夔時期	飄飄何所似，天地一沙鷗。	獨舟、老病衰殘
夔州時期	野靜白鷗來。 江晚白鷗飢。	秋冬、猿、兒
湘潭時期	紗帽隨鷗鳥。 春鷗懶避船。	舟船

將此圖所顯示的意象內涵與六朝作一對照，其間由簡而繁之跡宛然可見，也足以證明杜甫促進和擴大意象的塑造之功。

第二節　大鯨意象——存在意向與創作理想的具體化

　　「鯨」之意象在文學史中並不是詩人文學家經常處理的題材，但在杜甫集中卻一共出現有十六次之多，超過六朝同類數目之總和；且這十六首蘊含鯨之意象的詩作，在時間涵蓋面中綿延有詩人一生之長，其間並不斷持續出現，少有中斷，不但是透露詩人精神志氣之憑藉，尤其重要的是我們據以了解杜甫詩論的一條線索。因此，本節要就歷代鯨之意象運用，及杜甫詩作的運用內涵來進行探討。

　　《莊子·逍遙遊》曰:「北冥有魚,其名爲鯤。鯤之大,不知其幾千里也,化而爲鳥,其名爲鵬。」崔譔、簡文之訓解並云鯤當爲鯨。若此,則文學史中最早出現鯨之意象者,此處即爲其一;唯郭慶藩已辯其非,謂鯤乃大魚之名,與鯨無關,崔譔、簡文之說皆失之〔註29〕,因此,我們在探討杜詩中鯨之意象之前,必須另尋源流,以作爲比較之基礎。

　　《左傳·宣公十二年》記載:「古者明王伐不敬,取其鯨鯢而封之,以爲大戮。」杜預注曰:「鯨鯢,大魚名,以喻不義之人吞食小國。」〔註30〕此處的鯨是一種純然負面的象微,其不義之喻也塑造了鯨意象表達上內涵的一個側面,不但漢朝李陵〈答蘇武書〉所言「上念老母,臨年被戮;妻子無辜,並爲鯨鯢。」〔註31〕直接繼承此一典故,以鯨吞喻無辜妻子爲不義所害,並且直接影響到杜甫對鯨之意象的運用角度,成爲杜詩中鯨之意象的主要源頭之一。降至東漢六朝,賦體文學大興,投入於此種「體物而瀏亮」〔註32〕之文體的創作者頗有其人,作品中涉及鯨魚者便機率大增,如張衡〈西京賦〉的「海若游魚玄渚,鯨魚失流而蹉跎」〔註33〕,左思〈吳都賦〉的「長鯨吞航,脩鯢吐浪,躍龍騰蛇」和「徽鯨背中於群搆,攙搶暴出而相屬」〔註34〕,而木華(字玄虛)所作的〈海賦〉更對鯨魚氣魄之浩大、聲勢之駭人有著極誇張而生動的描繪:

　　　魚則橫海之鯨,突杌孤游,戛巖嶅,偃高濤,茹鱗甲,吞龍

〔註29〕見清·郭慶藩:《莊子集釋》(臺北:漢京文化公司,1983年9月),頁3。

〔註30〕《十三經注疏》冊六(臺北:藝文印書館,1982年8月),頁398。

〔註31〕見梁·昭明太子蕭統撰,唐·李善等注:《增補六臣註文選》(臺北:華正書局,1980年9月),頁757。

〔註32〕晉·陸機:〈文賦〉語,見梁·昭明太子蕭統撰,唐·李善等注:《增補六臣註文選》,頁310。

〔註33〕見梁·昭明太子蕭統撰,唐·李善等注:《增補六臣註文選》,頁49。

〔註34〕見梁·昭明太子蕭統撰,唐·李善等注:《增補六臣註文選》,兩段各見頁100、頁112。

舟，唅波則洪連踧踖，吹潦則百川倒流；或蹭蹬窮波，陸死
鹽田，巨鱗插雲，鬐鬣刺天，顧骨成嶽，流膏爲淵。〔註35〕
這樣的鯨不但沒有絲毫不義之意，反而以其橫海吞舟、插雲刺天的突
兀氣勢，被藉以爲形容京都或大海之雄偉磅礡的襯托，其勢愈壯觀，
京都大海之氣魄在烘托比較下也愈驚人。這種極力體物、誇筆描摹的
方式使「氣勢的展示」成爲賦體中鯨之意象的主要內容，構成了杜詩
中同一意象運用的另一重要源頭，可作爲了解杜詩意象的參考背景。

　　六朝除賦體外，詩歌體中也出現過鯨魚的意象，在這些極少數
的例子中，陶淵明〈命子詩〉繼承了「不義之鯨」的用法，曰：「鳳
隱於林，幽人在丘。逸虯遶雲，奔鯨駭流。」感嘆不義橫行、正人
幽隱，意象鮮明，謝朓〈和王著作融八公山詩〉之「長蛇固能勢，
奔鯨自此曝」更以之類喻五胡亂華；另外，於梁簡文帝〈詠煙〉的
「欲持翡翠色，時吐鯨魚燈」和陳江總〈雜曲三首〉之三的「鯨燈
落花殊未盡，虯水銀箭莫相催」〔註36〕中，鯨則以燈的造型出現，
只是一般的形象而無人文上的象喻意義。值得注意的是，在此之外，
用到鯨魚意象者絕大多數爲石鯨，如梁朝劉孝威〈奉和六月壬午應
令詩〉的「築山圖碣岫，穿池控海潮。雷奔石鯨動，水闊牽牛遙」、
隋元行恭〈秋遊昆明池詩〉的「池鯨隱舊石，岸菊聚新金」、虞世基
〈賦昆明池一物得織女石詩〉的「支機就鯨石，拂鏡取池灰」〔註37〕
和任希古〈昆明池應制〉詩的「回眺牽牛渚，激賞鏤鯨川」〔註38〕
等皆是，入詩之石鯨都取資於晉葛洪《西京雜記》所述漢武帝鑿昆
明池刻石爲鯨的故事〔註39〕，但直襲其意，寓目則書，語意新巧，

〔註35〕見梁・昭明太子蕭統撰，唐・李善等注：《增補六臣註文選》，頁233。
〔註36〕以上三首分見逯欽立輯校：《先秦漢魏晉南北朝詩》，頁970、頁1957、
　　　　頁2574。
〔註37〕見逯欽立輯校：《先秦漢魏晉南北朝詩》，分見頁1877、頁2654、
　　　　2713。
〔註38〕引自清・仇兆鰲：《杜詩詳注》卷十七，頁1496。
〔註39〕故事曰：「昆明池刻玉石爲鯨魚，每至雷雨，鯨常鳴吼，鬐尾皆動，
　　　　漢世祭之以祈雨，往往有驗。」又〈西都賦〉注：「武帝鑿昆明池，

卻深思不足；此外，南朝爲數眾多的詠物詩中也難得地出現一首詠鯨詩，這唯一一首是陳代周弘正的〈詠石鯨應詔詩〉：

> 石鯨何壯麗，獨在天池陰。騫鰭類橫海，半出似浮深。
>
> 吞航本無日，吐浪亦難尋。聖帝遊靈沼，能懷躍藻心。〔註40〕

此詩以鯨無奈爲石質的悲心出發，從舊典中翻出新意，將石鯨徒有壯麗外觀，卻吞航無日、吐浪難尋，連浮水潛深之本能亦被剝奪的悲哀表達得極爲感人，其「類」字「似」字含有多少似眞而實幻的失望之意，可以說是一首深帶移情作用的詠鯨佳作。值得注意的是，各詩吟詠的多是鯨燈、石鯨等人造物，與賦體所鋪排誇揚的海鯨各屬兩類，追究其故，應是不同體裁各有不同聞見焦點的自然限制使然；而綜合兩類觀之，除少數詩例如周弘正〈詠石鯨詩〉外，大多是出於一種站在物象距離之外的客觀描述態度所塑造，因而較不能引發飽滿的象喻意味。原本詩歌創作的美感經驗裡，心物之間也須維持一「心理的的距離」（psychical distance），以使物我關係能超脫現實的利害計較，而能產生美感欣賞的觀照；然若在此一「心理的距離」形成時，主觀情感的投入卻又不足以融入對象之中，使之經由心靈綜合作用而化爲飽和的意象，則此物象仍只是一客觀外物而已，並不能打動人心；〔註41〕以上所論鯨魚意象表現不足的地方，可以說就是「有適當距離而無深厚感情」的結果。

另外，我們也可以注意到，六朝詩中運用的鯨魚意象總數並不多，個別看來，又爲各家集中孤例，顯然此一意象並未受到詩人的充分注意。到了杜甫手中，不但綜合了上文所言種種不同的對象（石鯨、海鯨）和意涵（不義之喻、雄偉之氣勢），且後出轉精，爲鯨之意象

于左右作牽牛織女，以象天河。」是爲石鯨意象之所本。引自葉嘉瑩：《杜甫秋興八首集說》（臺北：國立編譯館，1978 年 4 月），頁369。

〔註40〕見逯欽立輯校：《先秦漢魏晉南北朝詩》，冊下，頁 1463。

〔註41〕有關「心理的距離」之闡釋，詳參朱光潛：《文藝心理學》（臺北：臺灣開明書店，1980 年 11 月）第二章。

充實了更豐富的層次和內容，足以作爲探尋詩人多方意向的根據。杜集中與鯨之意象有關的詩共十六首，前後間含義互見、喻意雜出，爲便於掌握起見，茲依其內容指涉歸爲三類來進行討論。

第一類是屬於南朝鯨之意象主流的石鯨意象，出現於杜詩中只有一處；但雖僅有一例，卻對石鯨意象之塑造有極爲超越的成就。夔州時所作〈秋興八首〉之七云：

> 昆明池水漢時功，武帝旌旗在眼中。織女機絲虛夜月，石鯨鱗甲動秋風。
> 波漂菰米沈雲黑，露冷蓮房墜粉紅。關塞極天唯鳥道，江湖滿地一漁翁。

心眼中彷彿可見的漢武旌旗盛功浩偉之景，於詩人的深沈觀照中，逐漸抽離現實之輪廓，終而泯滅今昔，化出一片荒涼淒清之虛象，在秋風夜月和漂、沈、墜、冷、黑、紅、虛等字質交織作用而成的寥落荒蔓中，自生隱隱欲出的動盪危疑之感；尤其沈沈黑夜裡似有危機四伏，連亙古不移之石鯨也爲秋風所撼動而鱗甲欲掀，此一幻覺正足以顯發觀照者強烈不安的心緒。葉嘉瑩先生說：「織女句自有一片搖蕩淒涼機絲徒具之悲，石鯨句自有一片搖蕩不安鱗甲欲動之感，非唯狀昆明之景生動眞切，更復有無限傷時念亂之感，而於政之無望，時之不靖，種種感慨，皆借此意象傳出，寫實而超乎現實之外。」〔註42〕又說：「以意象渲染出一種境界，於是織女石鯨乃不復爲實物，而化成爲一種感情之意象了。」〔註43〕這種不爲現實所拘限的表達，較之六朝石鯨意象不但使石鯨復活而生動逼眞，深深徹入一股內在心靈與情感強大力量；而且內容上溝通今昔，意旨更爲豐實凝鍊、涵厚沈鬱，遠非前此者所能比擬，在詩歌傳統中，正是一種高度之超越與開拓。

第二類是比喻天寶年間顚覆大唐江山幾近亡國的安史之亂造反叛變的意象，詩中出現者凡四處：

〔註42〕見葉嘉瑩：《杜甫秋興八首集說》，頁379～380。
〔註43〕見葉嘉瑩：《迦陵談詩》（臺北：三民書局，1984年1月），頁117。

　　威鳳高其翔，長鯨吞九州。地軸為之翻，百川皆亂流。(〈晦
日尋崔戢李封〉)

　　燕薊奔封豕，周秦觸駭鯨。中原何慘黷，遺孽尚縱橫。(〈奉
送郭中丞充隴右節度使〉)

　　妖氛擁白馬，元帥待琱戈。莫守鄴城下，斬鯨遼海波。(〈觀
兵〉)

　　公時可猭獝，首唱卻鯨魚。勢愜宗蕭相，材非一范睢。(〈秋
日荊南送石首薛明府辭滿告別奉寄薛尚書頌德敘懷斐然之作三十
韻〉)

　安史之亂首尾凡八年 (玄宗天寶十四年至代宗廣德元年)，初起不久，
半壁天下便望風瓦解，京師震動，不但玄宗棄京入蜀，太子北行；亂
平後大唐國勢也即頹敗度起，殷憂踵繼，命脈衰危。〔註44〕杜甫詩中
以鯨比之，所謂鯨吞九州，地翻而百川亂流之描述，將攸關國運的歷
史事實化為詩歌意象，不但極具凝縮之效，使歷史事件之複雜得到概
括性的點明，其象喻效果也使之脫去說理性質，而具有詩歌藝術的感
人力量，因此此類鯨之意象比較其《左傳》和李陵書的源頭，和陶淵
明「奔鯨駭流」之描述，更加深了氣勢表達的聳動性和對其不義之深
重的感受；再則「斬鯨」、「卻鯨」之詞也在鯨本已浩大之氣勢上翻上
一層，突顯了杜甫一意斬除不義的磅礡壯心，氣勢之上再增氣勢，手
筆之大前人莫比。這是鯨結合不義之意最生動的表現。

　　第三類是杜甫鯨之意象表現最主要的內涵，充分展現了詩人的生
命意向與創作理想，就後者而言，尤其是杜詩中豐富的意象群裡最值
得探究的主題之一。先就展現詩人的生命意向而言，〈自京赴奉先縣
詠懷五百字〉有極完整的表達：

　　杜陵有布衣，老大意轉拙，許身一何愚，竊比稷與契。……
　　顧惟螻蟻輩，但自求其穴。胡為慕大鯨，輒擬偃溟渤？
　　以茲悟生理，獨恥事干謁，兀兀遂至今，忍為塵埃沒。

〔註44〕詳參新、舊兩部《唐書》，及呂思勉《隋唐五代史》(臺北：里仁書
　　　局，1977 年) 四、五兩章。

詩作於玄宗天寶十四年安祿山叛變前夕，全詩「不僅將沿途所歷與自己客居長安十年來之感遇作一總檢討，……同時也寫出杜甫內心對君國去就之矛盾。」〔註45〕在去就矛盾中，顯然杜甫是深恥如螻蟻般自求其穴的干謁之輩，而選擇現實上兀兀為塵埃所沒，操守上卻不逆己志的理想，這個遙比稷、契以天下百姓為襟懷的生命，有著最寬大厚實一如溟渤的內涵，只有大鯨才能涵攝包容進去；所謂「以茲悟生理」即是詩人了悟、肯定這個超脫世俗自利、以天下為懷的道路〔註46〕，也就是由鯨偃溟渤之意象所體現的志向。這個志向在長安時期雖然已抑鬱不償，卻仍不失壯厲之意氣。

　　但經歷數年漂泊天地之磨折後，雖憂國懷民之心不減反深，然以登要路津來完成志業的從政方式卻已不為詩人想望了，廣德二年流寓成都時所作的〈太子張舍人遺織成褥段〉中的鯨，便透露此一訊息：

> 客從西北來，遺我翠織成。開緘風濤湧，中有掉尾鯨。……
> 領客珍重意，顧我非公卿。留之懼不祥，施之混柴荊。……
> 錦鯨卷還客，始覺心和平。振我粗席塵，愧客茹藜羹。

這匹織鯨的貴重褥段帶給幽居草堂的杜甫一陣不平靜。掉尾於洶湧風濤中的鯨氣勢驚人，其所在的錦段織成更是貴重，對於田舍短褐的詩人而言似乎是十分不稱的，其後遂以「服飾定尊卑」的理由卷錦還客，以免逾越等分而招致不祥之禍，並藉以諷喻嚴武鎮蜀奢侈之作為〔註47〕。然而從「始覺心和平」和「愧客茹藜羹」之語，也隱隱反映出杜甫「還鯨」之舉帶有安於閑野現狀，不汲汲於政治實踐的象喻意味，而長安時期的鯨所代表的積極進取，至此成都草堂

〔註45〕見劉孟伉主編：《杜甫年譜》（臺北：學海出版社，1978年9月），頁70。

〔註46〕「以茲悟生理」的「悟」字，楊倫《杜詩鏡銓》本作「誤」，可釋為：「因此而耽誤生理，卻仍恥於從事干謁。」則更顯出杜甫去就之矛盾徬徨，也更反襯其「慕大鯨」之理想的堅持，可為參考。

〔註47〕此諷喻之說，詳見仇兆鰲及錢謙益等注解。

時期似乎已退由輕鷗之閒淡自安所取代（此點可參前一節之論析），消長之跡十分明顯。降及大曆三年，杜甫再度放棄夔州安定歲月，開始出峽萍居江湖，鯨之意象又有不同轉變。詩有三首，其一爲〈舟出江陵南浦奉寄鄭少尹審〉，詩云：

> 更欲投何處，飄然去此都。形骸元土木，舟楫復江湖。……
> 溟漲鯨波動，衡陽雁影徂。南征問懸榻，東逝想乘桴。

王嗣奭曰：「因雁影而問南征，因鯨波而想東逝，時尚未定所往，正應起句。」〔註48〕浦起龍也說：「『溟漲』四句，引到所往之處，本只之公安也，而曰隨雁南征，復想騎鯨東逝，所謂心搖搖如懸旌，正上文『萬國盡窮途』意也。」〔註49〕五十七歲的杜甫，日薄西山又前程茫然，躊躇於南征或東逝之抉擇，這時所見之鯨波非但已無壯心大志之寓托，亦復無閒居和平之安然，反而以其溟漲之勢進一步強化舟楫所在之江湖的廣漫無向，並反襯雁影之孤渺，與其欲投無處的徘徊之感。另外在〈別張十三建封〉詩中曰：「范雲堪結友，嵇紹自不孤。擇材征南幕，潮落回鯨魚。」以潮落鯨回比喻張建封之北歸〔註50〕，頗有寥落之意；又〈送重表姪王砅評事使南海〉詩云：「我欲就丹砂，跋涉覺身勞。安能陷糞土，有志乘鯨鼇。或騄驤騰天，聊作鶴鳴皋。」指出自己雖有志於到南海丹砂一償乘鯨之志，但身勞不耐跋涉，終於「不能乘鼇騄驤，但作鳴鶴以吐意耳」〔註51〕，著一「聊」字更顯出杜甫無奈、退讓之心緒。總合起來，與前面兩個階段合併觀之，杜甫在鯨之意象中所透顯的是自己從經世濟民的現實政治冀求上逐步飄離的生命軌跡，由長安時期慕大鯨、偃溟渤的壯懷厲氣、猛志橫逸，到成都時期卷鯨還客而心覺和平，再到出夔入峽爲溟漲鯨波所惑以及

〔註48〕見明‧王嗣奭撰，曹樹銘增校：《杜臆增校》（臺北：藝文印書館，1971 年 10 月），卷十，頁 597。

〔註49〕見清‧浦起龍：《讀杜心解》（臺北：鼎文書局，1979 年 3 月），頁 800。

〔註50〕此一解釋參清‧仇兆鰲：《杜詩詳注》卷二十三，頁 2011。

〔註51〕清‧仇兆鰲：《杜詩詳注》卷二十三，頁 2047。

乘鯨之志不遂，所謂「憂世心力弱」（〈西閣曝日〉）的最後階段，杜甫憂世傷民之心仍深仍切，但已漸從政治實踐之意圖退縮，配合前後對溟渤、溟漲等盛大水勢之不同態度，都足以勾劃其面對世界的意向轉變，若再結合前一節所論鷗鳥意象的表現，此跡當更為顯著。

　　另外，杜甫又以鯨之意象來體現對特定才性之雄大表現的感受，如其稱摹李適之豪量縱飲之容態為「長鯨吸百川」：

> 左相日興費萬錢，飲如長鯨吸百川，銜杯樂聖稱避賢。（〈飲
> 中八仙歌〉）

又讚嘆張垍、王直之才力雄大有如鯨破滄溟：

> 翰林破華蓋，鯨力破滄溟。……賦詩拾翠殿，佐酒望雲亭。
> 紫誥仍兼綰，黃麻似六經。（〈贈翰林張四學士垍〉）
> 王郎酒酣拔劍斫地歌莫哀，我能拔爾抑塞磊落之奇才。
> 豫章翻風白日動，鯨魚跋浪滄溟開。（〈短歌行贈王郎司直〉）

浦起龍注第一首詩曰：「一言官高而親，二言才雄而顯。」〔註52〕對照下面「紫誥」一聯，可知其才在於「優文翰也」〔註53〕，正合於《舊唐書》所稱「均、垍俱能文」〔註54〕之說，二人才力磊落噴薄，足以衝出滄溟一詞所指謂的高杳廣漠之籠罩，尤其第二首在前面兩句二十二字一氣不歇地縱貫推激之下，鯨魚跋浪之氣勢更如破竹般獲得加強，其才力之雄厚也更加鮮明可感。

　　就才性展現於詩歌創作而言，「鯨」也是我們了解杜甫詩觀的一條線索。他認為詩的內容要豐富，方法要兼綜博采，如鯨吸百川、納萬物一般；詩又要作得氣勢雄渾，才力迫人，有鯨吞波摧舟之勢；以下兩首詩就是這種詩觀之形象表達：

> 才力應難跨數公，凡今誰是出群雄。或看翡翠蘭苕上，未
> 掣鯨魚碧海中。（〈戲為六絕句〉之四）

〔註52〕見清・浦起龍：《讀杜心解》卷五之一，頁690。
〔註53〕清・仇兆鰲：《杜詩詳注》卷二，頁99。
〔註54〕見五代・劉昫等撰：《舊唐書》（臺北：鼎文書局，1977年6月），列
　　　　傳卷四七，頁3057。

慷慨嗣真作，咨嗟玉山桂。鍾律儼高懸，鯤鯨噴迢遞。（〈八
哀詩・贈李邕〉）

前一首藉四種物象來提出有關創作態度或方法的意見，錢謙益注
云：「『凡今誰是出群雄』，公所以自命也。蘭苕翡翠，指當時研揣聲
病、尋摘章句之徒，鯨魚碧海，則所謂渾涵汪洋、千彙萬狀，兼古
人而有之者也。」〔註55〕正指出杜甫以掣鯨之意象傳達一種兼容並
包、廣納萬川的創作觀點。碧海浩瀚無垠，羅藏無數，能掩其溟漠，
縱遊不羈者，唯鯨足以當之；而當其縱適於煙波浩蕩中時，氣勢是
噴薄雄大的，第二首〈八哀詩・贈祕書監江夏李公邕〉楊倫引趙注
曰：「鍾律比聲之和雅，鯤鯨比勢之雄壯。」〔註56〕可見除了廣納博
涉之外，氣勢雄偉也是杜甫詩觀重要的一面。於此更當說明的是，
唯其廣納萬川，不擇細流，故亦不排拒研揣聲律之作法，此觀「或
看翡翠蘭苕上」的「或看」二字可證；而在其能博能精的才力胸懷
下，不但不排拒聲律，甚且努力發揚，一方面將「詩之嚴者」的律
體在個人創作中發揮到成熟的顛峰，一方面也是讚賞他人的標準之
一，此視「鍾律儼高懸」之稱許可知。這種廣而能深細、大而能不
遺，在廣吸博納的同時亦無礙於詩律精密，在格律拘限中仍能噴薄
縱橫的表現，正是所謂「兼人人所長」的真切內容。此一雄渾、廣
包的詩觀在杜甫其他詩中也有明白的呼應，如：

若人才思闊，溟漲浸絕島。（〈送長孫九侍御赴武威判官〉）
詩盡人間興，兼須入海求。（〈西閣二首〉之二）
說詩能星夜，醉酒或連朝。藻翰唯牽率，湖山合動搖。（〈奉
贈盧五丈參謀琚〉）

第一首詩中海的溟闊被比為人的思力詩才，第二首指出為窮盡人間
豐富多樣的興味，就須縱身入海、窮盡思力搜求始能得之，這是杜
甫明示作詩方法務須兼博的這一面而言。胡震亨曾指出：「非深於搜

〔註55〕見《錢牧齋先生箋註杜詩》（臺北：臺灣大通書局，1974 年 10 月），
　　　　卷十二，頁 794。
〔註56〕見《杜詩鏡銓》卷十四，頁 686。

索者，無此想頭，李克恭〈弔孟郊詩〉『海底也應搜得盡』正祖此意。」
〔註57〕另外張戒《歲寒堂詩話》對這種深於搜求之方法更有很具體
的說明：

> 王介甫只知巧語之爲詩，而不知拙語亦詩也；黃山谷只知
> 奇語之爲詩，而不知常語亦詩也；……李義山詩只知有金
> 玉龍鳳，杜牧之詩只知有綺羅脂粉，李長吉詩只知有花草
> 蜂蝶，而不知世間一切皆詩也。惟杜子美則不然，在山林
> 則山林，在廊廟則廊廟，遇巧則巧，遇拙則拙，遇奇則奇，
> 遇俗則俗，或放或收，或新或舊，一切物、一切事、一切
> 意，無非詩者，故曰「吟多意有餘」，又曰「詩盡人間興」，
> 誠哉是言。〔註58〕

這種搜羅一切物、一切事、一切意的作詩法度，也直接決定內容的博
大富贍和思力的雄渾峻健，表現出來的詩歌效果也就如海凌絕島，力
足以動搖湖山，這正與「鯤鯨噴迢遞」之意象感受煥然相符；其它如
「毫髮無遺憾，波瀾獨老成」（〈敬贈鄭諫議〉）、「意愜關飛動，篇終
接混茫」（〈寄彭州高三十五使君適虢州岑二十七長史參三十韻〉）、「賦
詩賓客間，揮灑動八垠」（〈寄薛三郎中璩〉）等，也莫不可由鯨之意
象來加以貫連體現，因此，王安石說：「詩人各有所得，『清水出芙蓉，
天然去雕飾』，此李白所得也；『或看翡翠蘭苕上，未掣鯨魚碧海中』，
此老杜所得也。」〔註59〕便是以掣鯨意象來總括杜甫詩歌的整體風
格。較之盛唐另一大家李白詩中的鯨，如：「樓船若鯨飛，波蕩落星
灣。」〔註60〕其意味仍屬飄灑飛揚之感，與杜作的沉厚雄渾大不相同，

〔註57〕見明·胡震亨：《唐音癸籤》（臺北：木鐸出版社，1982 年 7 月），卷
十一，頁 109。
〔註58〕見清·丁福保輯：《歷代詩話續編》（臺北：木鐸出版社，1983 年 8
月），頁 464。
〔註59〕宋·胡仔：《苕溪漁隱叢話》（臺北：長安出版社，1978 年 12 月）引，
頁 30。
〔註60〕其〈豫章行〉詩句。李白詩中鯨之意象出現次數也甚眾，約有三十三
次之多（據北京現代出版社《全唐詩索引·李白卷》所統計），遠勝
過杜甫，是盛唐兩大詩人一個值得注意的現象。

因此可以說，「鯨」是杜甫用以體現這種方法上兼綜博采、氣勢上雄渾偉壯兩方面之詩觀，且足以總括其創作之自許與實踐後產生之整體風格的最主要意象。

總結本節，可以發現杜甫詩中的鯨在一貫中有著複雜而豐富的內容。一貫的是對「才雄勢大」之一種大生命的充分體現；複雜豐富的則是在境界的提昇，和層面或角度的擴大。境界的提昇如石鯨、不義之喻所表現者，層面或角度的擴大如個人生命意向與創作觀點之投射，比較六朝詩中的鯨魚形象，杜甫經營之刻意與寄意之深微十分明顯，因而也對傳統做了更大的突破和開拓，這也足以為肯定杜甫在意象發展史上之高度地位的一證。

第三節　鷙鳥意象──快意豪烈的俠義追求

「鷙鳥」（包括鷹、鵰、隼、鶻等猛禽）在杜甫詩中也是一個持續而鮮明的意象，不但姿態如生，性格突出，而且傳達了杜甫個性上強烈的一面，帶有深刻的象喻意義，足以讓我們了解杜甫在一般為人認識的性情之外，鮮少被人觸及的激烈快意的一面，是值得探索的意象主題之一。

在杜甫以前的詩人手中，鷙鳥並不常被用來做為詩歌意象處理的重點。以鷹為例，雖然有所應用，但數量頗少，不但不及鷗鳥出現次數，且更為零出散見，缺乏整體意念的塑造；而在南朝大量的詠物詩中，也只有一首標題為詠鷹的作品，遠不及杜甫個人所作之數。反而在賦文中成為作者極力描摹的對象，如魏彥深、傅玄、孫楚都有〈鷹賦〉傳世，其中鷹的外貌行動都被刻劃得極為逼真，部分狀詞甚至為杜甫所襲用。首先，《詩經·小雅》中〈采芑〉和〈沔水〉兩篇都提到過飛隼：

鴥彼飛隼，其飛戾天，亦集爰止。（〈采芑〉）
沔彼流水，朝宗於海。鴥彼飛隼，載飛載止。

嗟我兄弟，邦人諸友。莫肯念亂，誰無父母！（〈沔水〉錄
一章）

鴥者，疾飛貌〔註61〕。朱熹注〈采芑〉篇曰：「言隼飛戾天而亦集於
所止，以興師之盛而進退有節。」〔註62〕注〈沔水〉篇曰：「此憂亂
之詩。言流水猶朝宗於海，飛隼猶或有止，而我之兄弟諸友乃無肯念
亂者。誰獨無父母乎？亂則憂或及之，是豈可以不念哉！」〔註63〕隼
為猛禽，飛可戾天，其翔遠至，是縱橫天空的霸主，而兩詩都從牠終
有停棲休止之時的這一點來加以把握，或興發師出進退有節，或比喻
憂亂止息有時，重點並不在對隼的形象描寫，我們對隼的意象感受也
僅在疾飛而有止棲的這一面。

其後有漢代李陵〈送別詩二十一首〉之八曰：

有鳥西南飛，熠熠似蒼鷹。朝發天北隅，暮聞日南陵。

欲寄一言去，託之牋綵繒。因風附輕翼，以遺心蘊蒸。〔註64〕

這裡的鷹只是某一種鳥的擬似對象，所取者乃其熠熠之態，與朝發夕
至的神力、附翼傳信的功能並無關係；同時其熠熠之狀究竟如何，又
未有藝術上之塑造，嚴格說來，並稱不上意象的表現。晉朝張華的長
詩〈遊獵篇〉有句曰：

歲暮凝霜結，堅冰洿幽泉。屬風蕩原隰，浮雲蔽昊天。……

鷹隼始擊鷙，虞人獻時鮮。嚴駕鳴儔侶，攬轡過中田。

其後南朝詩中出現鷹之意象者，有鮑照〈代東武吟〉和江淹〈渡泉嶠
出諸山之頂〉詩：

昔如鞲上鷹，今似檻中猿。徒結千載恨，空負百年怨。（宋·
鮑照〈代東武吟〉）

岑崟蔽日月，左右信艱哉。萬壑共馳騖，百谷爭往來。

鷹隼既屬翼，蛟魚亦曝鰓。崩壁迭枕臥，嶄石屢盤迴。（梁·

〔註61〕見屈萬里：《詩經釋義》（臺北：中國文化大學出版部，1980年9月），
頁225。

〔註62〕見宋·朱熹：《詩集傳》（臺北：藝文印書館，1974年4月），頁464。

〔註63〕見宋·朱熹：《詩集傳》，頁479。

〔註64〕見逯欽立輯校：《先秦漢魏晉南北朝詩》冊上，頁339。

江淹〈渡泉嶠出諸山之頂〉〔註65〕

另外庾信則是六朝中較常寫鷹的詩人，出現鷹意象的詩有〈寒園即目〉詩：

> 子月泉心動，陽爻地氣舒。雪花深數尺，冰床厚尺餘。
> 蒼鷹斜望雉，白鷺下看魚。更想東都外，群公別二疏。

又有〈冬狩行四韻連句應詔〉詩：

> 觀兵細柳城，校獵長楊院。驚雉逐鷹飛，騰猿看前轉。〔註66〕

從這些詩中我們可以看出，鷹作為一種獵禽，乃是自然界剛猛壯厲的存在物，詩人塑造牠時，或者與艱絕險要的山壑地理及冰寒季候，互相映襯成一幅卓拔的畫面；或者在校獵的場景中擔任搏擊獵物的前鋒，添加一股緊張奔忙的氣氛。其中「鷹隼既厲翼」和「蒼鷹斜望雉」的姿態，已刻劃得頗為生動，能傳達一股矯險之氣；不過整個說來，鷹仍是詩人描摹某一客觀場面時，為突顯陽剛猛厲之感而選擇的媒介。鮑照的「昔如鞲上鷹」則以被馴養助獵的鞲上鷹自比往日的昂藏英爽，來做為現前束縛受困的對照，形象較不鮮明。此外，南朝唯一一首專門詠鷹的詩乃是隋煬帝楊廣的〈詠鷹〉詩：

> 邊朔欲之衡，忽投罥羅裏。既以羈華絆，仍持獻君子。
> 青骹固絕儔，素羽誠難擬。深目表茲稱，闊臆斯為美。
> 驚獸不及奔，猜禽無暇起。雖蒙鞲上榮，無復凌霄志。〔註67〕

前二聯說明一隻鷹遭受羅網羈絆、為人持獻君子的經過，中三聯形容其青骹素羽、深目闊臆的英姿及逐獵獸禽的迅疾，末聯言其為人馴養、無復雲霄之志的結果。全詩讀來不論是僅為客觀陳述，抑或

〔註65〕見遼欽立輯校：《先秦漢魏晉南北朝詩》，三首分見頁613、頁1261、頁1559。

〔註66〕見遼欽立輯校：《先秦漢魏晉南北朝詩》，二首分見頁2377、頁2388。另庾信〈奉和永豐殿下言志十首〉之九有「野鶴能自獵」句，注杜各家如《景印宋本新刊校定集注杜詩》卷三一和仇兆鰲《杜詩詳注》卷十八注〈見王監兵馬使說近山有白黑二鷹二首〉之一時皆引作「野鷹能自獵」。本文從「野鶴」句，此處不收，附誌備考。「野鶴」句參《庾子山集注》，頁345；及《先秦漢魏晉南北朝詩》，頁2390。

〔註67〕見遼欽立輯校：《先秦漢魏晉南北朝詩》，頁2671。

另有託喻之意，就整體而言，可說只表現出對鷹生態上如外貌習性等的一般性觀察，並稱不上刻劃深微、精神畢現；其中「青骹」、「深目」、「闊臆」等詞乃襲用晉傅玄〈鷹賦〉的用語〔註68〕，所謂「固絕儔」、「誠難擬」尤其是抽象的形容，難以引發鮮明的感受；其託意似也較爲板實，不夠靈動遙深，就意象塑造來說，可謂尚未達到鮮明突出的境界。

　　在杜甫手中，鷹的意象塑造就到達一個新的境地，一如本節一開始所說；先就數量而言，共有〈畫鷹〉、〈義鶻行〉、〈畫鶻行〉、〈姜楚公畫角鷹歌〉、〈楊監又出畫鷹十二扇〉、〈王兵馬使二角鷹〉、〈見王監兵馬使說近山有白黑二鷹二首〉、〈呀鶻行〉等多首專題詠鷙鳥詩，其他詩中散見的鷙鳥就更不只此數，這些都超過前人的總和；在寫作年代上，從壯年時期到衰暮時期也都持續分佈著。就藝術創造方面，鷙鳥的精神氣蘊和姿態形容都有鮮活絕妙的表現，其象喻意味尤其反映了杜甫某一面的性格，這種性格貫連在各首詠鷹詩中，是杜集中十分一貫的意象表現。以下我們先分析最早的一首詠鷹詩作，其後再總觀各詩意象特色，並與杜甫性格連繫比看，探討詩人塑造此一意象的意義所在。此即開元二十九年間所作的〈畫鷹〉一詩：

　　　　素練風霜起，蒼鷹畫作殊。攫身思狡兔，側目似愁胡。
　　　　絛鏇光堪摘，軒楹勢可呼。何當擊凡鳥，毛血灑平蕪。

對這首詩前人已有不少深入的抉發，如張孝祥說：「首聯倒插，言鷹之威猛，如挾風霜而起也。」〔註69〕指出杜甫運用倒句法將「結果句」提在「原因句」之前，先帶給讀者一種感官上的戟刺力，而儼於素練上挾風霜而起的威猛之勢，再說明造勢者乃一幅畫鷹之作，來呼應題目，並點醒讀者，結構和語意都新穎而突出。接下去的二

〔註68〕〈鷹賦〉謂：「其爲相也，疏尾闊臆，高膂秃顱，深目蛾眉，狀似愁胡。……轉青骹、戲田疇、縈深谷、繞山丘……。」見明・張溥編：《漢魏六朝百三家集》（臺北：新興書局，1963年2月），冊五，頁226。
〔註69〕清・仇兆鰲：《杜詩詳注》卷一引，頁19。

聯極力摹寫鷹的神態,「曰攫、曰側,摹鷹之狀。曰摘、曰呼,繪鷹
之神。」〔註70〕其攫身側目之狀,較庾信「蒼鷹斜望雉」更有專注
蒼厲之氣,直接強化其呼之欲出的可能;而既然此鷹鮮活得彷彿將
解下繫足之條鏇,自軒楹應呼而起,杜甫就將擊惡的願望託付給牠,
希望牠化為真鷹時,「何當擊凡鳥,毛血灑平蕪」,實現杜甫所冀求
的人間正義。我們可以看到全詩四聯的結構是緊緊鉤連的,一聯和
一聯之間都有畫鷹逐漸真實化的傾向,並不只是如仇兆鰲所說「末
又從畫鷹想出真鷹」〔註71〕而已;全詩一步一步將畫作上的鷹推向
現實的鷹,又從現實的鷹推昇到寄寓詩人情志理想的象喻境界,語
脈緊密,寄意深遠。清沈德潛《說詩晬語》卷下所說:「(杜甫)提
畫馬畫鷹,必說到真馬真鷹,復從真馬真鷹開出議論,後人可以為
式。」〔註72〕正是指這個脈絡而言。其實在題畫鷹詩之外的詠鷹作
品中,也都循著這個結構來發展,只是少去由畫鷹到真鷹的這一段
步驟而已。這是杜甫在塑造鷙鳥意象的一大特點:從寫物摹神到象
喻的境界。而不論是摹物寫神之突出、或象喻寄意之深遠,都十分
引人注目,以下分項述之。

　　就摹物寫神的表現而言,王漁洋《蠶尾集》曾云:「杜子美始創
為畫松、畫馬、畫鷹諸大篇,搜奇抉奧,筆補造化。」〔註73〕除了前
引〈畫鷹〉詩之外,試觀詩例如下:

> 高堂見生鶻,颯爽動秋骨。初驚無拘攣,何得立突兀。……
> 側腦看青霄,寧為眾禽沒。長翮如刀劍,人寰可超越。(〈畫
> 鶻行〉)

〔註70〕清·仇兆鰲:《杜詩詳注》卷一,頁 19。

〔註71〕清·仇兆鰲:《杜詩詳注》卷一,頁 19。

〔註72〕見清·沈德潛著,蘇文擢詮評:《說詩晬語詮評》(臺北:文史哲出版
社,1985 年),頁 479。另冒春榮:《葚原詩說》卷二亦收有此條,
見郭紹虞輯:《清詩話續編》(臺北:木鐸出版社,1983 年 12 月),
頁 1596。附誌備考。

〔註73〕引自徐復觀:《中國藝術精神》(臺北:臺灣學生書局,1983 年 1 月),
頁 259。

楚公畫鷹鷹帶角，殺氣森森到幽朔。（〈姜楚公畫角鷹歌〉）

悲臺蕭瑟石巃嵷，哀壑杈枒浩呼洶。中有萬里之長江，迴
風滔日孤光動。角鷹倒翻壯士臂，將軍玉帳軒翠氣。二鷹
猛腦絛徐墜，目如愁胡視天地。（〈王兵馬使二角鷹〉）

雪飛玉立盡清秋，不惜奇毛恣遠遊。（〈見王監兵馬使說近山有
白黑二鷹二首〉之一）

正翮搏風超紫塞，玄冬幾夜宿陽臺。萬里寒空只一日，金
眸玉爪不凡才。（〈見王監兵馬使說近山有白黑二鷹二首〉之二）

數詩一路讀來，恍見長翮如劍，金眸玉爪；其攫身側目、奇骨森立之
狀如在目前；又屢用「秋」字形容鷙鳥氣骨，尤能傳達其颯爽勃發之
感。這些寫物摹狀的筆觸都較前人工細傳神得多，觀察力和技巧表達
都有長足的進步，即使是轉用自六朝〈鷹賦〉的語詞如「側目」、「愁
胡」等〔註74〕，也都經由整體詩作的塑造，而有了更加鮮明的表現力。
這是值得注意的第一點。另外，〈王兵馬使二角鷹〉詩更在一起首就
用四句奇突聳動之景象來「為角鷹作勢」〔註75〕，所謂：「日色悽慘，
江山黯淡，皆助其蕭殺之氣。貌人物者，貴得其神，此真貌角鷹之神
者也。」〔註76〕大大增加角鷹的神采和氣勢，並助長角鷹「倒翻」之
勁力；此時鷹是主，險景奇境是推助之賓，比較六朝詩人如江淹、庾
信反過來以鷹為配角，來烘托險景酷候的作法，就更能顯出杜甫在塑
造鷙鷹意象上的用力之處了。這是我們可以注意到的第二點。

　　關於杜甫投入於鷙鳥意象中的象喻意義，我們先論析他自負自高
的心志投射。這以〈見王藍兵馬使說近山有白黑二鷹二首〉中的鷹最
具代表性：

　　雪飛玉立盡清秋，不惜奇毛恣遠遊。在野只教心力破，于

〔註74〕如晉・傅玄〈鷹賦〉曰：「左看若側，右視如傾。勁翮二六，機連體
　　　輕。」引同註68，頁142。孫楚〈鷹賦〉有「狀似愁胡」句，見明・
　　　張溥編：《漢魏六朝百三家集》冊五，頁226。
〔註75〕清・仇兆鰲：《杜詩詳注》卷十八，頁1585。
〔註76〕見清・黃生：《杜工部詩說》（京都：中文出版社，1976年6月），卷
　　　三，頁176。

　　人何事網羅求。一生自獵知無敵，百中爭能恥下鞲。鵬礙
　　九天須卻避，兔藏三窟莫深憂。(其一)

杜甫寫一耳聞而未目睹之鷹，筆調如此勇決，明顯是借鷹自道之作，帶有強烈的自喻性質。仇兆鰲注曰：「心力雖破，而網羅難求，所謂羅取未得也。『知無敵』，自信其能。『恥下鞲』，不受人役。『鵬須避』，欲擊其大。『兔莫憂』，不屑於細也。」〔註77〕這種只選巨鵬，而無意於弱兔的自負，乃是出於足夠的能力和充分的自信，和〈壯遊〉詩所說：「脫落小時輩，結交皆老蒼。飲酣視八極，俗物多茫茫。」正是一致的。而自獵無敵、恥於下鞲之表白則顯示杜甫在這種自信其能的心態中，又有善自珍惜的自重，因此盧德水曰：「『一生』二句，可以想鷹之有品而不苟。」〔註78〕世俗的網羅和貴族王侯的鞲榮都不能纓繫這雪飛玉立、擊鵬九天的白鷹，表現杜甫一種卓爾不群、潔身自高的象喻意義，與隋煬帝所說的「無復凌霄志」對照比觀，顯見有極大的差別。這是鷙鳥意象的第一個內容。

　　在大部分的鷙鳥意象中，杜甫所表現的則是豪宕俠義的性情，這在〈義鶻行〉有充分的展露，詩云：

　　陰崖二蒼鷹，養子黑柏顛。白蛇登其巢，吞噬恣朝餐。
　　雄飛遠求食，雌者鳴辛酸。力強不可制，黃口無半存。
　　其父從西歸，翻身入長煙。斯須領健鶻，痛憤寄所宣。
　　斗上捩孤影，噭哮來九天。修鱗脫遠枝，巨顙拆老拳。
　　高空得蹭蹬，短草辭蜿蜒。折尾能一掉，飽腸皆已穿。
　　生雖滅眾雛，死亦垂千年。物情有報復，快意貴目前。
　　茲實鷙鳥最，急難心炯然。功成失所往，用舍何其賢。
　　近涇滿水湄，此事樵夫傳。飄蕭覺素髮，凜欲衝儒冠。
　　人生許與分，只在顧盼間。聊爲義鶻行，用激壯士肝。

此詩摹寫義鶻見義勇爲，爲蒼鷹復仇之壯舉，眞是痛快淋漓，激動人心。仇兆鰲曰：「鷹能訴冤於鶻，其事甚奇。雌鳴雄憤，寫兩鷹情

<hr>

〔註77〕清・仇兆鰲：《杜詩詳注》卷十八，頁1587。
〔註78〕清・仇兆鰲：《杜詩詳注》卷十八引，頁1587。

狀如生。鶡能爲鷹報讎，其事更奇。鶡一奮擊，蛇遂伏辜，見其義
勇特絕。鶡能報復輒去，益見其奇。蛇死垂鑒，此目前快意之舉。
鶡之有功不居，其義俠尤出尋常矣。」〔註 79〕其事雖屬樵夫所傳，
有某個程度的事實根據，但寫鳥至此，那素髮凜欲衝冠的作者所投
入的詮釋和感發，可謂才是此篇扣人心弦的根本所在。楊倫說：「記
異之作，憤世之篇，便是聶政荊軻諸傳一樣筆墨，故足與太史公爭
雄千古。得之韻言，尤爲空前絕後。」〔註 80〕將「記異」與「憤世」
合言，又將此篇與太史公敘寫刺客列傳之筆墨爭雄，便是有見於此；
所謂「得之韻言，尤爲空前絕後」，無異指出杜甫在詩歌意象塑造上
所投入的超絕功力。不過「憤世」之說則雖有所見，卻較籠統，可
更析而論之。

〈畫鷹〉詩的「何當擊凡鳥，毛血灑平蕪」和〈義鶡行〉的「巨
顙拆老拳，飽腸皆已穿」都是不避血腥的描繪，寫來驚心動魄，較之
前人單寫猛禽的斜望追逐，便開拓了更大的表現空間，增加入詩的材
料範疇；更重要的是，這種描繪顯示杜甫嫉惡如仇之個性，強烈到使
他必得如此方已的程度。

就杜甫的性格而言，表現在他大部分的詩作裡的，是一種近乎詩
教的溫柔敦厚，和沉鬱深摯的性情，其待人接物的誠厚可說已達到儒
家理想的境界。例如在〈莫相疑行〉裡，他對「當面輸心背面笑」的
輕薄少年，也只寄語「不爭好惡莫相疑」而已，並無疾色斥責之言，
可以窺見一斑。但另一方面，杜甫的性格也是熱烈剛直的，正如〈壯
遊〉詩所自道：

> 性豪業嗜酒，嫉惡懷剛腸。……飲酣視八極，俗物多茫
> 茫。……
> 放蕩齊趙間，裘馬頗輕狂。春歌叢臺上，冬獵青丘旁。
> 呼鷹皁櫪林，逐獸雲雪岡。射飛曾縱鞚，引臂落鷙鶡。

〔註79〕清・仇兆鰲：《杜詩詳注》卷六，分見 474～476。
〔註80〕見清・楊倫：《杜詩鏡銓》卷四，頁 193。

浦起龍曾評第一段曰：「寫得目空一世，自少而然。」〔註81〕豪放不拘與凜然嫉惡原即是他的性情本色，由少至壯，未曾稍失；其中縱放豪邁不但是他個性的一面，在他年輕時代甚至可以說是主要的性格表徵，而與「放蕩清狂」的生活互爲表裡。〈今夕行〉對這點也有清晰的表露：

> 今夕何夕歲云徂，更長燭明不可孤。咸陽客舍一事無，相與博塞爲歡娛。
> 馮陵大叫呼五白，袒跣不肯成梟盧。英雄有時亦如此，邂逅豈即非良圖。
> 君莫笑，劉毅從來布衣願，家無儋石輸百萬。

這種徹夜燃燭，大叫呼酒、袒跣博塞的豪宕生活，是很少在杜甫集中反映出來的，通常只有在詩人回憶年少時代時，才會自筆端湧現，前引〈壯遊〉詩即是一例；此外，〈遣懷〉詩也是透露此一訊息的證明：

> 昔我遊宋中，惟梁孝王都。名今陳留亞，劇則貝魏俱。
> 邑中九萬家，高棟照通衢。舟車半天下，主客多歡娛。
> 白刃讎不義，黃金傾有無。殺人紅塵裏，報答在斯須。
> 憶與高李輩，論交入酒壚。……氣酣登吹臺，懷古視平蕪。

在宋中豪邁快意的習氣中，杜甫與高適李白論交，拼酒比詩，也是氣酣傲視、不可一世的，其負才使氣之概正與〈壯遊〉詩所表現者相同。《新唐書》本傳曾稱杜甫：「放曠不自檢，好論天下大事，高而不切。少與李白齊名，時號李杜。嘗從白及高適遊汴州，酒酣登吹臺，慷慨懷古，人莫測也。」〔註82〕其中「放曠」、「慷慨」之說，正合於杜甫豪宕不拘的這一面性格。因此以鷹自比的杜甫一旦遭遇困窘束縛之際，其頓挫無奈之感就更加強烈了：

> 驥病思偏秣，鷹愁怕苦籠。（〈敬簡王明府〉）
> 奮飛既胡越，局促傷樊籠。（〈苦雨奉寄隴西公兼呈王徵士〉）

〔註81〕見清·浦起龍：《讀杜心解》（臺北：鼎文書局，1979年3月），卷一之五，頁162。
〔註82〕清·仇兆鰲：《杜詩詳注》，頁7。

小臣議論絕，老病客殊方。鬱鬱苦不展，羽翮困低昂。（〈壯遊〉）

當然，豪放縱快的個性並不一定等於嫉惡如仇，前者可以只是特殊才氣向外發揚的表現，後者卻更需一顆熾烈而又充滿正義感的「俠」的心靈，能不平而鳴，又要有去惡揚善的熱望才能造就。杜甫詩中鷙鳥的意象，正是結合了豪宕的氣概與俠義的心腸而成。豪宕的氣概於前文已有論述，下面再看杜甫對俠義之追求的這一面。

浦起龍曾評前引〈壯遊〉第二段曰：「又似遊俠氣味。」〔註83〕試觀〈遣懷〉詩的「白刃讎不義」、「報答在斯須」之情，與〈義鶻行〉的「物情有報復，快意貴目前。茲實鷙鳥最，急難心炯然」之心多麼接近，都是直取目前、快意恩仇的表現，也都同以「嫉惡懷剛腸」為出發點。這種「俠」的行為雖然大快人心，卻也是超出一般社會規範和秩序的，所以〈畫鶻行〉裡說：「側腦看青霄，寧為眾禽沒。長翮如刀劍，人寰可超越。」鷙鳥挾著如刀劍般的長翮，便應超越凡庸的人寰，翺翔在青霄裡，救急解難，擊惡刃不義，自不能與眾禽為伍。進一步看，這種行俠好義的象喻表現，其實都根源於杜甫熱切地冀求一個正義合理的世界而來。為了掃除政治社會上許多妨礙這個理想之達成的「惡」，杜甫年輕時曾努力於仕途，希望能「立登要路津」（〈奉贈韋左丞丈二十二韻〉）來大刀闊斧，肅清風俗，直至暮年仍以此自許許人，這是杜甫一個重要而具體的理想，寄託在鷙鳥意象中，尤其明顯可見：

干戈少暇日，真骨老崖嶂。為君除狡兔，會是翻鞲上。（〈楊監又出畫鷹十二扇〉）

荊南芮公得將軍，亦如角鷹下朔雲。惡鳥飛飛啄金屋，安得爾輩開其群，驅出六合梟鸞分。（〈王兵馬使二角鷹〉）

耿賈扶王室，蕭曹拱御筵。乘威滅蜂蠆，戮力效鷹鸇。（〈秋日夔府詠懷奉寄鄭監審李賓客之芳一百韻〉）

─────────────

〔註83〕見清・浦起龍：《讀杜心解》卷一之五，頁162。

這種藉鷹以除狡兔、驅惡鳥、滅蜂蠆的表示，就和〈畫鷹〉詩的「擊凡鳥」一樣同具去惡除奸、鞏固邦國的象喻意味，因此黃徹《䂬溪詩話》卷二便說：「杜集及馬與鷹甚多，亦屢用屬對。……蓋其致遠壯心，未甘伏櫪；嫉惡剛腸，尤思排擊。語曰：『驥不稱其力，稱其德也』；《左氏》曰：『見無禮於其君者，如鷹鸇之逐鳥雀也。』少陵有焉。」〔註84〕至此，我們就可以解決〈進鵰賦表〉裡的一個問題了。〈進鵰賦表〉曰：

> 臣以為鵰者，鷙鳥之特殊，搏擊而不可當，豈但壯觀於旌門，發狂於原隰。引以為類，是大臣正色立朝之義也。臣竊重其有英雄之姿，故作此賦。〔註85〕

鵰之所以被杜甫引為同類，是因為牠有「正色立朝之義」和「英雄之姿」；但「正色立朝」之大臣與「英雄」乃分屬兩個不同的範疇：一個嚴肅而敬謹，其長在於擘畫政務；一個豪快而不拘於俗，其傾向在於領導開先，兩者之氣質與任務都有極大的差別。前引〈今夕行〉中杜甫曾以「英雄有時亦如此」來指稱博塞的自己和劉毅，可見「英雄」的形象是偏重於豪快自負、越俗開先的。而杜甫將兩者結合於一，顯然是將他個人豪宕俠義的情性與正色立朝的理想統合起來，藉由鵰等來加以闡揚，卻並未顧及其間的矛盾。因為「俠」是個人精神才性的發揮，可以自負其能，無待於外而成就；但正色立朝之臣卻必須在政治圈中安身，與其他朝臣相互協調才能成事，兩種都出於安定群體的理想，卻須由完全不同的個性來實踐。杜甫充滿「儒」兼濟天下的理想，個性卻不適合複雜的政治環境，和層層拘束的官僚系統，故而無法以從政方式來達到此一理想。所以任左拾遺時說：

> 縱飲久判人共棄，懶朝真與世相違。吏情更覺滄州遠，老大徒傷未拂衣。（〈曲江對酒〉）

〔註84〕收入清・丁福保輯：《歷代詩話續編》（臺北：木鐸出版社，1983 年 8 月），頁 352～353。
〔註85〕清・仇兆鰲：《杜詩詳注》卷二十四，頁 2173。

在成都嚴武幕府中時又說：

> 白水魚竿客，清秋鶴髮翁。胡爲來幕下，只合在舟中。……
> 束縛酬知己，蹉跎效小忠。……會希全物色，時放倚梧桐。

（〈遣悶奉呈嚴公二十韻〉）

兩詩可謂都是「性豪業嗜酒」而不耐束縛、耿介而與世相違的自白，因此兩次的從政生涯也都是短暫而抑鬱不歡的。這也呼應了前文所引白鷹「于人何事網羅求」的性格表現。溯察〈進鵰賦表〉中的矛盾結合，很可能是因爲當時（天寶十三年）杜甫對自己性格與現實之間的扞格尚無明確意識，而唯出以一熱烈的理想所致。這也可以解釋杜甫何以一生窮於仕途的部分原因。其後經安史之亂的打擊和沉澱，豪俠之氣已收斂不少，轉爲深沉；在兩次仕宦經驗中也認清自己不適官途的個性，所謂「胡爲來幕下，只合在舟中。」便有此意。但不拘的本性和伸張正義的理想卻仍自然地流露出來，而維持了鷙鳥意象的一貫性，這在前引詩例中都可以見到。

總括上文，我們可以了解，杜甫在鷙鳥意象中投射了個人品格自高之心、英雄豪宕之氣與嫉惡剛腸之性，是奉守儒業、溫柔敦厚的杜甫激烈快意的另一個面相，其中嫉惡剛腸之性甚至隱隱通向「俠義」的追求，使他讚許鷙鳥搏奸急難和快意恩仇的行徑。其寓意是深刻的，絕不只是如楊倫所說：「集中題鷹、馬二項詩極夥，想俱愛其神駿故邪！」〔註86〕而已。就整個意象塑造而言，正是冷齋魯訔所謂「遇物寫難狀之景，紓情出不說之意」〔註87〕的高度表現。

〔註86〕清‧楊倫：《杜詩鏡銓》卷二，頁 91。
〔註87〕引自宋‧魏慶之：《詩人玉屑》（臺北：世界書局，1980 年 10 月），頁 301。

第四章　意象塑造之特殊形式

　　「意象」是存在於詩歌整體中的，詩中其他的字詞句段等部分都不可避免地會發生影響，這也是意象不可能孤立存在，必須在結構字質（texture）間的交互作用下才能產生確定內容之故，所謂：「有了鍛句鍊字的基礎工夫，才能呈現意象。」〔註1〕，正是認識到字句形式對意象內容具有決定因素而言。

　　事實上，內容與形式的二分本是不可能存在的，詩作為一種語言藝術，就必然要讓作者的情意內容在特定形式中展現，失去了語言媒介的憑藉，任何內容也不能表達出來。韋勒克（René Wellek）和華倫（Austin Waren）便曾指出：「內容是表現文學作品的觀念與情緒，而這樣的內容實際就是由那涵有『語言之一切成分』的形式之表現。」〔註2〕因此討論意象時也就不可避免形式結構的分析，這在前兩章的意象主題論析時便已有實際的作法。只不過在人類思考的運作中，「形式」往往不單只是被動地由主觀意識來決定，而完全依主觀思考來作自由選擇；相反地，因為人類思考和感情的慣性，使得一種既有形式

〔註1〕見張夢機：《古典詩的形式結構》（臺北：尚友出版，1981年12月），頁198。
〔註2〕見〔美〕韋勒克、華倫合著，王夢鷗、許國衡譯：《文學論——文學研究方法論》（Theory of Literature）（臺北：志文出版社，1976年10月），頁227。

常能反過來規定人類的思考，這從詩歌歷史中每當一個新體式被創造出來後，便爲大多數詩人沿襲一段很長時間的現象就可以了解。在這種「形式規定內容」的情況中，人類既有之經驗模式和感覺內容大致上便會停留在一個限定的狀態，依循原有的形式所引導，繼續構築人對世界的了解和經驗內容。這種有所限定的狀況就是一個敏銳於文字表現，並常以新的眼光去觀照世界的文學家所企圖超越的目標，而既然要表達更新的感覺經驗和情感內容，常常也就必須在舊有形式的限制下尋求突破，創造出新的表達方式。因爲形式使「精神活動的內在因素獲得一種顯現形式，而這種顯現形式不是在自然中原已存在的，而是由心靈發現出來的。」〔註3〕因此，語言形式的創新不但可以看出詩人創造力的深淺厚薄，也可以考驗詩人創作自覺的強烈程度。

而杜甫之偉大，除了詩歌內容的擴大和深化外，一方面就表現在詩歌形式的多樣創新上。作爲一個自覺於創作事業者而言〔註4〕，「形式」正是他致力於改造普通的思考習慣和一般的感受經驗的明顯目標，其改造的成果高下豐瘠與否，於形式部分也最容易顯現。劉若愚曾說：「從作家的觀點來看文學的藝術功用：作家創造一個想像境界的過程，是一個語言化（verbalization）的過程（或語言性的具體化〔verbal incarnation〕），它包含對做爲藝術媒介之語言的種種可能性的探索與一個獨特的字句結構的創造。」〔註5〕而杜甫在文學藝術上所投注的吸收融裁的努力，和對語文媒介運用法度之嘗試與探索，確然留下極可寶貴的成果，值得我們研究分析，認識到詩人爲我們的語言文化所作的拓展。

〔註 3〕語見〔德〕黑格爾（Georg Wilhelm Friedrich Hegel）著，朱光潛譯：《美學》（臺北：里仁書局，1983 年 3 月），冊二，頁 68。

〔註 4〕有關杜甫的詩人自覺，可參考〔日〕小川環樹著，譚汝謙編：《論中國詩》（香港：香港中文大學出版社，1986 年）一書第七章第一節。

〔註 5〕見〔美〕劉若愚著，杜國清譯：〈中西文學理論綜合初探〉，收入《中國文學理論》（*Chinese Theories of Literature*）（臺北：聯經出版公司，1985 年 8 月），附錄，頁 315。

　　因此本章選出三種杜甫常運用的，爲創新意象之塑造與表達所作的形式改革，一是爲表現物體及其色彩屬性在人類感官經驗中新的感知角度，而作的倒裝技巧；一是打破一般感受習慣，以營造更豐富之字質表現的倒裝法；一是以特殊的當句對式來表達新穎的事物感受，這三種都是前所未有的創體，並經杜甫大量運用，在詩歌意象發展史上尤其具有高度的意義。以下便分三節詳論之。

第一節　倒裝：色彩意象的突顯

　　所謂「色彩的感覺是一般美感中最大眾化的形式」〔註6〕，色彩意象表現亦是杜甫集中十分突出的一項，不論就顏色的多樣化、出現頻率之繁多，乃至杜甫本身爲突出色彩意象而在表達上處心構設的主觀自覺上，都是極爲引人注目的。先就一般地在詩句中敷陳色澤的這一點而言，其運用顏色字之多樣性與比例之高使得詩句的視覺印象繽紛多彩，不待披揀即隨手可得、寓目可見，例如：

　　一去紫臺連朔漠，獨留青塚向黃昏。（〈詠懷古跡五首〉之三）
　　鴻飛冥冥日月白，青楓葉赤天雨霜。（〈寄韓諫議注〉）
　　孤城返照紅將斂，近市浮煙翠且重。（〈暮登四安寺鐘樓寄裴十迪〉）
　　波漂菰米沈雲黑，露冷蓮房墜粉紅。（〈秋興八首〉之七）
　　忽憶雨時秋井塌，古人白骨生青苔。（〈蘇端薛復筵簡薛華醉歌〉）
　　向卿將命寸心赤，青山落日江湖白。（〈惜別行〉）
　　霜黃碧梧白鶴棲，城上擊柝復烏啼。（〈暮歸〉）
　　紫崖奔處黑，白鳥去邊明。（〈雨〉）
　　江碧鳥逾白，山青花欲然。（〈絕句二首〉之二）
　　白髮干莖雪，丹心一寸灰。（〈鄭駙馬池臺喜遇鄭廣文同飲〉）
　　種竹交加翠，栽桃爛熳紅。（〈春日江村五首〉之三）

〔註6〕此語引自蕭滌非主編：《唐代文學論叢》總第七輯（西安：陝西人民出版社，1986年1月），頁43。

　　石暄蕨芽紫，渚秀蘆筍綠。(〈客堂〉)

　　風斷青蒲節，霜埋翠竹根。(〈建都十二韻〉)

　　或紅如丹砂，或黑如點漆。(〈北征〉)

以上於杜甫集中所佔十不及一，即已涵括紫、青、黃、白、赤、紅、丹、綠、碧、翠、黑、烏等多種色彩，充分表現了杜甫對充實構成意象世界的色彩因素所作的努力。尤其上引諸句中多有在一句之內同時包含兩種顏色，甚至不乏如〈暮歸〉詩的「霜黃碧梧白鶴樓」一句竟至同時涵攝三個顏色字者，以此說杜甫對色彩的運用與感受到達傾心敏感的地步，當不爲過，否則他在〈北征〉的漫長艱難行程和憂悄不盡中，便不會留意到山果橡栗如丹砂之紅、如點漆之黑的鮮明色彩，並加以呈現於詩句之中，而憑添一段動人的插曲。

　　然而最能顯示杜甫對色彩纖銳的敏感，與他對表現此一感受之細微歷程的傾心，則端在他爲了貼切地如實呈現其感知次序，而引發的對語文形構的矯革改造，以達到色彩效果更進一步的突出表現上，這便是前面所言的第二個重點，而尤其是值得我們注意的。這種對語文形構的矯革改造落實於下列詩句上：

　　紅入桃花嫩，青歸柳色新。(〈奉酬李都督表丈早春作〉)

　　青惜峰巒過，黃知橘柚來。(〈放船〉)

　　碧知湖外草，紅見海東雲。(〈晴二首〉之一)

　　綠垂風折笋，紅綻雨肥梅。(〈陪鄭廣文遊何將軍山林十首〉之五)

　　紅浸珊瑚短，青懸薜荔長。(〈觀李固請司馬弟山水圖三首〉之三)

　　翠深開斷壁，紅遠結飛樓。(〈曉望白帝城鹽山〉)

　　翠乾危棧竹，紅膩小湖蓮。(〈寄岳州賈司馬六丈巴州嚴八使君兩閣老五十韻〉)

　　紫收岷嶺芋，白種陸池蓮。(〈秋日夔府詠懷奉寄鄭監審李賓客之芳一百韻〉)

　　白摧朽骨龍虎死，黑入太陰雷雨垂。(〈戲為雙松圖歌〉)

　　紅取風霜實，青看雨露柯。(〈梔子〉)

　　紅稠屋角花，碧秀牆隅草。(〈雨過蘇端〉)

　　白花簷外朵，青柳檻前梢。(〈題新津北橋樓〉)

　　重碧拈春酒，輕紅擘荔枝。(〈宴戎州楊使君東樓〉)

　　黑知灣澆底，清見光炯碎。(〈萬丈潭〉)

　　翠牙穿裛蔣，碧節吐寒蒲。(〈過南嶽入洞庭湖〉)〔註7〕

這十五例在詩句上都表現了語文裝造的同一架構，正如范晞文《對床夜語》卷三所指出：

　　老杜多欲以顏色字置第一字，卻引實字來，如「紅入桃花嫩，青歸柳色新」是也，不如此則語既弱而氣亦餒。……若「白摧朽骨龍虎死，黑入太陰雷雨垂」，益壯而險矣。〔註8〕

其實杜甫不只將顏色字提置於句首，下面再引出此一顏色所附屬的實物，又更在色彩和實物之間插入其它動作、狀態等說明而造成阻隔，造成色彩孤立於句首的現象，此裝造結構的特殊性，使得色彩脫去了附屬、修飾的次要角色，一躍而獲至搶盡感受先機的主要地位，讓讀者在閱讀的接收過程中，視覺的感官功能得到充分的重視和擴展，強化了對色質的印象和掌握，也因而使詩句的視覺意象更加突出而飽滿。這是色彩意象塑造上技巧的一大躍升，其效果顯見是十分成功的。

　　這種將顏色字提領在前，以強調色彩之優先印象的作法，傳達效果雖一，細較起來，實質上卻包含兩類不同形式結構，進一步分析後，可以幫助我們對杜甫藝術成就的了解。其中一類如「青惜峰巒過，黃知橘柚來」、「碧知湖外草，紅見海東雲」、「黑知灣澆底，清見光炯碎」等句，在文意句法上平順自然，並無特別奇矯倒設之處，其新警惟在對「感知序列」不同凡俗的表現的嘗試，但此不同凡俗的感知序列方表現雖然新警出奇，究竟仍是應於自然之態、合乎人情之常的，故而在詞句上唯有此種結構表現，不可能有其他的字句安排法。試想詩人

────────────

〔註7〕此十五聯詩例中的前九聯，筆者於搜羅後發現宋范晞文《對床夜語》卷三已列舉出來，茲附誌於此，文中羅列時並依其原有次序，見臺靜農輯：《百種詩話類編》(臺北：藝文印書館，1974年5月)，頁358。

〔註8〕臺靜農輯：《百種詩話類編》，頁358。

於行旅道途之中眺望因距離、氣候、光線等因素而不確定的景物，首先引發詩人注意的，必然是較易於辨認的色彩屬性，而根據常識結構中色質與景物之間一定程度的關連，才接著引帶出對景物本身的認知或確定，這從「黃知橘柚來」、「碧知湖外草」、「黑知灣澴底」的「知」字最容易理解此一引帶的關係。因而仇兆鰲指出的：「見青惜峰過，望黃而知橘來，皆舟行迅速之象。」〔註9〕正說明了此種詞句形構上的唯一必然性，在裝造上沒有其他變化的可能。

　　然而另外一類詩句雖在表現上同樣遵循著此一感知序列的原則，但卻更在藝術技巧上顯示出詩人的強烈企圖，那就是利用倒裝技巧以達到突顯色彩意象的目的。除了前引范晞文所提出的達致壯險、去其弱餒的效果外，吳齊賢論杜詩倒句亦稱：

> 如「翠深開斷壁，紅遠結飛樓」極為奇秀，若曰：「飛樓紅遠結，斷壁翠深開」，膚而淺矣；如「綠垂風折笋，紅綻雨肥梅」體物深細，若曰：「綠笋風折垂，紅梅雨綻肥」，鄙而俗矣。〔註10〕

蔡夢弼《草堂詩話》引王彥輔《麈史》也說：

> 子美善用故事及常語，多倒其句（按：實為倒其字）而用之，蓋如此則語峻而體健，意亦深穩矣。〔註11〕

都著重在倒句所造成的奇秀峻健之效果上，以其避免了膚淺鄙俗的平板常套，而能透顯杜甫其人體物深細的深穩之意。但論及此處，我們更當進一步追究：這些詩句如何能說具有「體物深細」的表現？其不膚淺、不鄙俗的深處又包涵何種意義？為回答此一問題，試先以「綠垂風折笋，紅綻雨肥梅」為例，以做探尋之線索。這聯詩根據文意，有多種不同的裝造結構之可能：

> 綠垂風折笋，紅綻雨肥梅。
> 綠笋風折垂，紅梅雨肥綻。

〔註 9〕見清・仇兆鰲：《杜詩詳注》卷十二，頁1040。
〔註10〕見清・楊倫：《杜詩鏡銓》附錄三，頁1163。
〔註11〕見臺靜農輯：《百種詩話類編》，頁347。

風折綠筍垂，雨肥紅梅綻。

風折垂綠筍，雨肥綻紅梅。

風折筍綠垂，雨肥梅紅綻。〔註12〕

各聯結構不同，而意旨歸一，同是描述「綠筍爲風所摧折而垂下，紅梅爲雨所滋肥而綻開」的景象，所不同者只在呈現的角度而已。若說杜甫選擇第一種語言結構來表達的原因乃在於因應平仄的要求，這顯然不足以解釋詩人之所以成其偉大，及作品之所以深美動人的理由，因此，我們勢須另覓他途，從創作心理和藝術效果上來探求其道理。

首先，梅祖麟、高友工曾簡略地指出：「在這種詩句中，我們首先意識到生動的色彩，然後再感受到色彩所代表物體的輪廓。」〔註13〕針對此一現象，現代現象學者梅露彭迪（Maurice Merleau-Ponty, 1908～1961）則有學理上更深入的說明：

> 人對世界的認識，必先通過感官經驗，而感官經驗初起之
> 際，是純然客觀的，之後才逗起知識和行動。……另一方
> 面，由於主體的限制，實際的感官活動，必然是順時性和
> 綜合性的。由於對事物的知覺活動有這二種性質，事物的
> 呈現角度可以是無窮的。〔註14〕

若單就依感官經驗之先後做爲呈現事物狀態的依據而言，在杜甫以前的詩史中並不乏其例，如王維〈山居秋暝〉曰：「竹喧歸浣女，蓮動下漁舟。」以「竹喧」、「蓮動」的感官印象爲起，再導出造成此一感官印象的理由，這種次序也符合梅露彭迪的說明；但其語序比諸杜甫此詩仍較爲單純顯白，不像杜甫是在種種不同的呈現角度中，選擇了

〔註12〕黃生即曾曰：「五字有數層意，又層折句。至於散拆五字，抽換可得數聯。」見清·黃生：《杜工部詩說》（京都：中文出版社，1976年6月），卷四，頁197。

〔註13〕見〔美〕梅祖麟、高友工合著：〈論唐詩的語法用字與意象〉一文，收入《中國古典文學論叢》冊一詩歌之部（臺北：中外文學月刊社，1976年5月），頁318。

〔註14〕引自鄭樹森編：《現象學與文學批評》（臺北：東大圖書公司，1991年4月），前言，頁31。

最能夠完整正確地表達其感受經驗的方式,忠實於他對景物的感知歷程,並致力於依序將此一複雜而細微的歷程客觀再現。這種視覺歷程表現於語言運用安排上,正如葉維廉所說:「語言,在適當的安排下,可以提供我們『類似』視覺過程的經驗,其中一個方法,便是不要讓『思』的痕跡阻礙了物象湧現的直接性。『綠垂風折笋』是視覺的直接,是視覺過程的把捉。是先『感』而後『思』。」〔註 15〕並在「思」之後獲取了對對象的判斷。因此前面所提出的「感知序列」可以更精密地歸納、圖示如下:

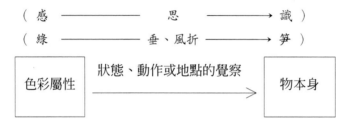

由感官印象逐步顯露,從最先對色彩的直覺感受的引導,再覺察此物的其他狀態或物性,最終達致對「物本身」的知識確認〔註 16〕,杜甫所依循的便是將其感知歷程客觀再現的原則,因而甚至不惜破壞一般詩句構作的正常順序,這正是前引吳齊賢所稱「體物深細」的表現。而另一方面,杜甫在這些為數不少的詩例中固守於忠實再現其感知序列的原則,不僅意味著他做為一位文學藝術家的自覺的努力,同時並

〔註 15〕引自葉維廉:〈中國古典詩中的傳釋活動〉,收入中國古典文學研究會主編:《古典文學》第七集（臺北:臺灣學生書局,1985 年 8 月）,頁 664。

〔註 16〕前引十五詩例並非全然符合此一簡圖次序,如「紅入桃花嫩」、「紅浸珊瑚短」等是在達到對物本身（桃花、珊瑚）的確認後,又再得到其他物質屬性（嫩、短）的感受;而「重碧拈春酒,輕紅擘荔枝」則在引起色彩直覺之前,就先有對色彩本身輕重不同的壓力感受。雖然如此,就其語句結構主要脈絡而言,仍是符合此一感知序列,且能表現倒裝技巧所顯示的自覺努力。

包含了他暗示予讀者在閱讀時產生共感的期待。杜威（J. Dewey）便曾指明：

> 要感知某物，觀看者必須「創造」自己的經驗。而他的創造又必須包含一些可以與原製造人所經歷者相比擬的關係。兩者絕不會完全相同。但不論在感知者或藝術家之創造之中，他們對作品全體元素的安排，雖然不是在細節上，至少在形式上，是同於作品之創作者有意識經驗過的組織歷程。沒有再創造的活動，對象便不會作為藝術品地被感知。〔註17〕

可以說杜甫將其有意識地經驗過的組織歷程，在細節和形式上都盡力表現出來，而有意地引領人們喚起相同的對世界的觀看方法，重新與讀者共享他被色彩所吸引時的強烈感動。

　　感官印象是認知世界的基礎，「色彩」更是構作世界的種種要素中最美麗引人的一項，這是詩人纖敏之詩心所能把捉、所能表現的最深微的世界的秘密；杜甫更創造了如此奪人眼目的視覺意象，在歡賞其手法之神奇高妙、內容涵容度之豐富、意象之鮮明等藝術審美價值時，我們必須回過頭來，在色彩意象的發展歷史中，來考量杜甫此舉所代表的文學史的意義。

　　首先，南朝以謝靈運為代表的山水詩以及其他的詠物各體中，色彩的運用已極為繁複精巧，大大豐富了詩歌中的視覺意象，如宋謝靈運的「初篁苞綠籜，新蒲含紫茸」（〈於南山往北山瞻眺〉）、「銅陵映碧澗，石磴瀉紅泉」（〈入華子岡是麻源第三谷〉），齊謝朓的「發萼初攢紫，餘采尙霏紅」（〈詠薔薇〉），梁武帝蕭衍的「碧沚紅菡萏，白沙青漣漪」（〈首夏泛天池〉），沈約的「紫籜開綠篠，白鳥映青疇」（〈休沐寄懷〉），以及梁簡文帝的「萎綠映葭青，疏紅分浪白」（〈詠疏楓〉）等〔註18〕，穠麗清巧，多有繽紛之致，對於體現物色不可謂

〔註17〕〔美〕杜威：《藝術經驗論》，引自鄭樹森編：《現象學與文學批評》，頁93。

〔註18〕有關南朝詩作的設色表現，可參王次澄：〈南朝詩的修辭特色〉一文

不豐贍；而一般以色彩字修飾的景物意象中，如前引的「白沙」一詞，也可說是由感官感覺的「白」，再進一步見到實體的「沙」，「經過這樣由感官感覺和景物實體的適度結合，就成了反映對景物色彩所生美感經驗的意象。」〔註 19〕但這種名詞乃普遍存在於意識和表達習慣中，本身已是一種習用連辭，色彩也只是一種附屬形容的作用，並不能引發突出新奇的色彩感受，而且色彩字與實體物間也沒有任何其它物體狀態或動作的隔斷，以造成色彩的孤立先佔地位，比諸前文所論杜甫諸作，則顯得有所不足。而表現色彩最生動的如北齊劉逖〈對雨詩〉的「濕槐仍足綠，沾桃更上紅」〔註 20〕、沈約〈傷春詩〉的「弱草半抽黃」〔註 21〕，以及劉瑱〈上湘度琵琶磯詩〉的「頡頏鷗舞白，流亂葉飛紅」、江總〈贈賀左丞蕭舍人詩〉的「蘆花霜外白，楓葉水前丹」和隋煬帝〈夏日臨江詩〉的「鷺飛林外白，蓮開水上紅」〔註 22〕等等，都化顏色的形容作用爲名詞屬性，成爲可「上」、可「抽」、可「舞」、可「飛」的動作對象，乃至與附屬之槐、桃、草、鷗、楓葉、蘆花、水、鷺、蓮等物體隔離爲說，形成獨立自足的物象，因而傳達了較新穎的感覺經驗，但也約只達到杜詩中「榿梨纔綴碧，梅杏半傳黃」（〈豎子至〉）、「塞柳行疏翠，山梨結小紅」（〈雨晴〉）、「寵光蕙葉與多碧，點注桃花舒小紅」（〈江雨有懷鄭典設〉）的境界，而對杜甫在提領、強調色彩意象所作的形式努力可說是遠遠不及的。

因此趙翼《甌北詩話》卷二論杜甫的詩歌創體時就特別舉出這類

第三部分，其中所收詩例甚夥，收入中國古典文學研究會主編：《古典文學》第四集（臺北：臺灣學生書局，1982 年 12 月），頁 68～75。另王國瓔：《中國山水詩研究》（臺北：聯經出版公司，1986 年）第二部分第二節亦舉例不少，可參。

〔註 19〕見王國瓔：《中國山水詩研究》，頁 311。
〔註 20〕見逯欽立輯校：《先秦漢魏晉南北朝詩》，冊中，頁 1650。
〔註 21〕見逯欽立輯校：《先秦漢魏晉南北朝詩》，冊下，頁 2272。
〔註 22〕此三首詩分見逯欽立輯校：《先秦漢魏晉南北朝詩》，頁 1470、頁 2581、頁 2672。

體式，謂：「杜詩又有獨創句法，爲前人所無者。如〈何將軍園〉之
『綠垂風折笋，紅綻雨肥梅』，……〈寄賈嚴二閣老〉之『翠乾危棧
竹，紅膩小湖蓮』，……〈新晴〉之『碧知湖外草，晴（按：當爲紅）
見海東雲』，……皆是創體。」〔註23〕而這「創體」背後所蘊含的創
造性活動正如葉燮所闡明的，是：「當其有所觸而興起也，其意、其
辭、其句劈空而起，皆自無而有，隨在取之於心；出而爲情、爲景、
爲事，人未嘗言之，而自我始言之。」〔註24〕可見杜甫不但「盡得古
今之體勢，而兼人人之所獨專」〔註25〕，又能在文學史上前無古人地
創新發明，刷新文學家在美感經驗中的意識狀態，並對美感表達方式
有了更大的開拓，後人祖述其法，如宋朝陳師道所作〈登燕子樓〉詩
曰：「綠暗連村柳，紅早委地花。」便明顯受到杜甫的啓發，循著杜
甫開啓的路線來表達事物更深細精微的感受，杜甫所成就之意義當於
此見之，始能有得。因爲文學家最積極的意義不只在於反映世界的實
況，並且要能引導人們挖掘感受的深度，提昇觀照的眼光層次，和擴
大美感經驗的範圍，而豐富民族及個人生命的內涵，這才是文學家的
使命所在。就此而言，杜甫之爲「民族詩人」，實是當之無愧的了。

第二節　倒裝：字質的豐富表現

　　前一節所談的形式問題中，可以看到杜甫利用了極爲特殊的倒
裝技巧達到突顯色彩意象的效果；這一節我們要從倒裝技巧在強化
字質作用的這一面，來看杜甫爲使意象豐富生動而作的另一種形式
上的努力。

〔註23〕見郭紹虞輯：《清詩話續編》（臺北：木鐸出版社，1983 年 12 月），
　　　頁 1154。
〔註24〕清‧葉燮：《原詩‧內篇》，收入清‧丁福保輯：《清詩話》（臺北：源
　　　流出版社，1971 年 12 月），頁 567。
〔註25〕唐‧元稹：〈唐檢校工部員外郎杜君墓係銘並序〉語，引自華文宣編：
　　　《杜甫卷：唐宋之部》（臺北：源流出版社，1982 年 5 月），頁 15。

　　「通常談及藝術作品內部成分間的關係時，有時指其主要成分間的關係；有時指其附屬成分間的關係，本此，我們可以區別兩種美學形式：結構與字質（texture）。」〔註 26〕結構的基本單位是「聯」與「詩行」，以聯與詩行組成了詩的整體；字質則和結構不同，是「限於一字一詞間相互作用的結果」〔註 27〕，一字一詞能夠在彼此勾連中得到意義或感受上的補足，並藉由字感的轉移而強化各別字詞的內容，其效力大都限於一聯或一行的範圍。在前文分析〈佳人〉一詩時，我們曾詳細討論末聯「天寒翠袖薄，日暮倚修竹」的高度表現力，一大部分即來自於字句間字質的交錯影響，使意象與意象間因此能擴充其內涵，以互相完成的方式而有更完整生動的表現（此聯之分析參第二章第一節）。這一聯詩在杜集中的確是表現字質作用的佳例，但在探討杜甫以創新的形式來強化字質作用而言，實應以「倒裝法」為主要法度，其所達到的效果也極為容易看出。這裡要先確定我們的討論範圍。

　　所謂「倒裝法」包括兩大範圍，一是「倒句法」，指的是一聯詩中出句為果、對句為因的倒說方式；一是「倒字法」，指的是一句中字詞倒設不順的排列法。在表現字質方面，倒字法因為字詞錯落，打破一般的字詞習慣，才是本節所採取的論析對象，以下所說「倒裝」，便以句中倒字為定義。只是有關倒裝的認定也一直是言人人殊，指涉十分寬泛，例如王彥輔以為〈月夜憶舍弟〉詩的「露從今夜白，月是故鄉明」是倒裝〔註 28〕，仇兆鰲以為〈南鄰〉詩的「慣看賓客兒童喜，得食階除鳥雀馴」也是倒裝句法〔註 29〕，實則前一聯詩出句不必拘泥於「白露」節氣之說，自合於散文式的直述句法，而與對句相諧；後

〔註 26〕見〔美〕梅祖麟、高友工合著：〈論唐詩的語法用字與意象〉，收入《中國古典文學論叢》冊一詩歌之部，頁 307。
〔註 27〕同前。
〔註 28〕見臺靜農輯：《百種詩話類編》（臺北：藝文印書館，1974 年 5 月），頁 347。
〔註 29〕見清・仇兆鰲：《杜詩詳注》卷九，頁 760。

一聯詩中，兩句都各具清楚的因果關係，詩意爲「因爲慣看賓客所以兒童喜，因爲得食於階除所以鳥雀馴」，只要增加因果副詞即可順讀，不待另外重新裝造字詞才能理解。本節討論時便排除這類語句，而選擇較爲嚴格的認定標準，句中字詞之間的結構須完全顚倒、打散，除非重新拆裝否則不能讀通的句式，才是我們選取的對象。

　　首先，我們在眾多詩例中先舉出極具代表性的兩聯詩句作爲論析重點，它們分別出現於〈鄭駙馬宅宴洞中〉和〈秋興八首〉，效果十分突出，足以說明杜甫在塑造意象時，爲加強字質的補足作用所作的努力。〈鄭駙馬宅宴洞中〉全詩爲：

> 主家陰洞細煙霧，留客夏簟青琅玕。春酒杯濃琥珀薄，冰
> 漿碗碧瑪瑙寒。
> 誤疑茅堂過江麓，已入風磴霾雲端。自是秦樓壓鄭客，時
> 聞雜珮聲珊珊。

通首寫洞中夏宴，都有清涼之色，富貴而不失清雅，筆調高致。頷聯兩句用的是倒裝句法，「順裝」應爲：

> 琥珀杯薄春酒濃（或「春酒濃、琥珀杯薄」）
> 瑪瑙碗碧冰漿寒（或「瑪瑙碗寒冰漿碧」亦通）

浦起龍指出經由倒裝錯置以後，「『琥珀』是『酒』是『杯』，『瑪瑙』是『漿』是『椀』，一色兩耀，精麗絕倫。」〔註30〕使杯的質地與酒的顏色，都可由「琥珀」一物同時顯現；碗的質地與漿的色澤也從「瑪瑙」一詞兩面兼攝，所謂「一色兩耀」，便是雙關之意。然而，經由字質作用的轉移，其實效果並不只此，「春酒杯濃琥珀薄」中彷彿琥珀杯亦可生「濃重」之感，如琥珀色的春酒也可增加「淡薄」的感受；而「冰漿碗碧瑪瑙寒」中，「碗」同時可以擁有瑪瑙的質地和「寒」的溫度、「碧」的色澤，冰漿亦可產生類似錯覺。換句話說，聯中的杯、碗、酒、漿都各自擁有在孤立時所沒有的多重表現，因此大大增

〔註30〕見清・浦起龍：《讀杜心解》（臺北：鼎文書局，1979 年 3 月），卷四之一，頁 598。

加了意象上豐富精美的感受。仇兆鰲說：

> 琥珀杯、瑪瑙碗，言主家器物之瑰麗，若三字連用，易近
> 於俗，將杯、碗倒拈在上，而以濃薄碧寒四字互映生姿，
> 得化腐爲新之法。〔註31〕

也指出因爲倒裝的緣故，詩句不但去除陳腐俗套，另生新意，更造成
「濃薄碧寒互映生姿」的意象效果。從這裡的「互映生姿」之說加上
前引浦起龍所謂「一色兩耀」，我們可以初步認識到倒裝法在強化字
質作用上的影響，是增加意象表現的一大助力。

另一首代表詩例是〈秋興八首〉之八的頷聯，詩云：

> 昆吾御宿自逶迤，紫閣峰陰入渼陂。香稻啄餘鸚鵡粒，碧
> 梧棲老鳳凰枝。
> 佳人拾翠春相問，仙侶同舟晚更移。綵筆昔曾干氣象，白
> 頭今望苦低垂。

垂老白頭的詩人回憶昔日長安勝地，唯見一片豐美景象，以「香稻
啄餘鸚鵡粒，碧梧棲老鳳凰枝」寫出物色之盛，與腹聯佳人仙侶之
悠游樂事共同構築回憶的美好一面。其倒裝技巧及內在意蘊，歷代
討論者爲數不少，先就其倒裝句式而言，同一原意可以有另外兩種
可能的結構：

> 鸚鵡啄餘香稻粒，鳳凰棲老碧梧枝
> 香稻鸚鵡啄餘粒，碧梧鳳凰棲老枝。〔註32〕

前一種結構，正是直述順說的表達法，後一種則較爲曲折，意爲「香
稻乃鸚鵡啄餘之粒，碧梧則鳳凰棲老之枝」〔註33〕，都使詩意較易

〔註31〕見清・仇兆鰲：《杜詩詳注》卷一，頁47。

〔註32〕參考〔美〕梅祖麟、高友工合著：〈分析杜甫的秋興〉，收入黃宣範：
《語言學研究論叢》（臺北：黎明文化公司，1974年5月），頁258。

〔註33〕引自清・吳景旭：《歷代詩話》卷三八論杜詩倒句，收入景印文淵閣
《四庫全書》（臺北：臺灣商務印書館）冊一四八三，頁304。如此
解釋者另外尚有「唐（唐汝詢）解」引趙注，見清・仇兆鰲：《杜詩
詳注》卷十七，頁1497；及清・吳見思：《杜詩論文》（臺北：臺灣
大通書局，1974年10月），頁143。

於理解。然而就其內在意蘊而言，實以杜甫所選擇者最爲豐富精微，能充分完整地表達其迂迴沉鬱之情思。首先對於前一種「鸚鵡啄餘香稻粒」之順說結構而論，吳見思以爲有「直而率」的弊病〔註34〕，顧修遠則以爲此句式會坐實其事，且違反了杜甫對香稻、碧梧二物之著重，其曰：「舉鸚鵡、鳳凰以形容二物之美，非實事也，重在稻與梧，不重鸚鵡鳳凰。若云『鸚鵡啄殘（餘）香稻粒，鳳凰棲老碧梧枝』，則實有鸚鵡鳳凰矣。」〔註35〕黃生也說：「第本賦紅豆（香稻）、碧梧，換轉即似賦鳳皇、鸚鵡矣。」〔註36〕種種說詞都能把握到重點；但就另一種「香稻鸚鵡啄餘粒」的結構而言，這些解釋則似有不足，因爲此一結構已經一層曲折之安排，可去除「直率」及「坐實其事」之失，也將香稻、碧梧提置句首，達到強調之目的。推求杜甫所以不選擇它的原因，除了音調上平仄不合律是重要因素外，應該還有別的理由，那就是以倒裝來表達豐富多義的詩意，和一種不拘於現實的「意象化之感情」〔註37〕。

　　試看倒裝後之句法，「啄餘」的主詞換爲香稻，「棲老」的主詞換爲碧梧，依序讀來，香稻碧梧二物似都化爲能動的生命，可啄、可棲，意象矯奇；而「鸚鵡粒」和「鳳凰枝」中，鸚鵡、鳳凰彷彿也都兼具形容作用，使下面的粒、枝二物得到了額外修飾，而更加顯出一種富麗之感，這些都突顯了杜甫回憶中豐美富麗、不暇細分的綜合印象，不但具有遠較於「順裝」時更豐富的想像餘地，也使過去的現實經驗在回想中再生時，虛實互生，亦真亦幻，得到了純爲感受的意象表現。

〔註34〕見清・吳見思：《杜詩論文》，頁143。

〔註35〕見清・吳景旭：《歷代詩話》引，同註33。本段引文據仇兆鰲所引《唐解》則爲趙注語，唯缺其中「重在稻與梧，不重鸚鵡鳳凰」兩句，附誌於此備考，見清・仇兆鰲：《杜詩詳注》卷十七，頁1497。

〔註36〕見清・黃生：《杜工部詩說》（京都：中文出版社，1976年6月），卷八，頁493。

〔註37〕「意象化之感情」一詞借自葉嘉瑩：〈論杜甫七律之演進及其承先啓後之成就〉，收入《迦陵談詩》（臺北：三民書局，1984年1月），頁110。

沈括所謂「語反而意寬」﹝註38﹞者，便是有見於此之說；這也是前面所指出「一色兩耀」、「互映生姿」效果的充分展露。

另外，「重在稻與梧」也指出倒裝句法的另一個目的：突顯主要意象。趙次公注曾說：「既以紅（香）稻碧梧為主，則句法不得不然也。」﹝註39﹞香稻、碧梧為渼陂上真有的實物，也是杜甫回憶的重點，想像時自然首先浮現於腦海，因此才提領於句首，然後再用鸚鵡、鳳凰等華麗之物來強化其豐美之感，這是以詩歌形式來傳達「回憶」的確切歷程的自然表現。同樣地，前面論析的「春酒杯濃琥珀薄」一聯，形式上也具有同樣的作用：春酒、冰漿是杜甫感受上的重點，或是最先被察覺到的對象，所以才提置於句前，然後才繼起各種錯綜的感知印象。這種對主要意象的強調方法，我們於前一節已有詳盡解說，茲不復贅。

除上引兩聯詩外，杜集中這類倒裝句式還有不少，如：

> 峽坼雲霾龍虎臥，江清日抱黿鼉遊。（〈白帝城最高樓〉）
>
> 石泉流暗壁，草露滴秋根。（〈日暮〉）

關於〈白帝城最高樓〉一聯，施鴻保以為：「此亦是倒字句，猶云『龍虎霾雲臥坼峽，黿鼉抱日遊清江』，與『石出倒聽楓葉下』、『紅稻啄餘鸚鵡粒』等句同。龍虎黿鼉乃峽中江內所實有者，惟不必此時果見其臥其游，特為想像之詞耳。」﹝註40﹞其中「想像之詞」的說法頗接近這種倒裝句法的特質，但說「龍虎黿鼉乃峽中江內所實有者」便有可商之處；仇注引韓廷延則有更合理的解釋：「雲霾坼峽，山水盤拏，有似龍虎之臥；日抱清江，灘石波蕩，恍如黿鼉之遊。……皆登高臨深，極形容疑似之狀耳。」﹝註41﹞這些都能掌握住倒裝處

﹝註38﹞見《景印宋本新刊校定集註杜詩》（臺北：故宮博物院，1985 年 10月）卷三十趙注所引，頁 27。

﹝註39﹞見《景印宋本新刊校定集註杜詩》卷三十，頁 28。

﹝註40﹞見清・施鴻保：《讀杜詩說》（臺北：臺灣中華書局，1986 年 11 月），卷十五，頁 144。

﹝註41﹞見清・仇兆鰲：《杜詩詳注》卷十五，頁 1276。

理後一種想像的綜合表現特質，而恍然有「日抱」的奇特意象，和種種疑似之狀。至於〈日暮〉的「石泉流暗壁，草露滴秋根」一聯，仇兆鰲以爲：「本是『暗泉流石壁，秋露滴草根』，卻用顛倒出之，覺聲諧而句警。」〔註42〕這是以平仄聲律的考慮來設想，並指出新警之效果；另外黃生所說：「抽換之可得四聯。」〔註43〕則指出這一類句式普遍的特質：引發多種可能的感受經驗。這些在前面的分析中都已曾觸及。

至此，我們可以歸納此種倒裝句式的幾個特點：

1、字質間有「一色兩耀」、「互映生姿」的效果，因此就個別意象而言，便增加豐富的表現力。

2、詩句「語反而意寬」，目的在表達一種感受上的綜合呈現，其間意象重疊、錯置，遺漏細節安排，因此整體意象特別接近於回憶或想像的錯覺。而所謂「抽換可得數聯」，只是我們嘗試去理解它的方法。

3、具有強調主要意象的作用。

當我們回顧前一節論析的倒裝技巧時，可以發現同樣也有「抽換可得數聯」，和強調主要意象的特點，但這只是表面的雷同，深入探討，其目的和整體效果卻有極大差別，對人類感官經驗的探索角度也大異其趣，可以說是意象感受上的兩個極端現象，值得比較其間差異。以下試分項比較之：

一、前一節所論倒裝乃專爲塑造色彩意象而言，且其感知歷程乃在引導讀者從各種狀態中，逐步達到對某一具體實在物的確認，自合於一種感受規律（此規律即前一節簡圖所示）；而本節所論倒裝法，卻在提出主要品物之後，便進入一虛實相間、抽象與具體交雜的曲折之中，才說一物，忽又接一不相干之物事，完全打破人類習慣的經驗模式和認知規律。

〔註42〕見清・仇兆鰲：《杜詩詳注》卷二十，頁1754。
〔註43〕見清・黃生：《杜工部詩說》卷五，頁271。

二、若說前者是利用倒裝來抉發一條因為過於精微而很少為人發現的經驗方式，使平常或因習慣性的浮面認識態度，或因感官的綜合作用而模糊的感受次序，能夠清晰而確實地呈顯出來；後者則反過來是利用倒裝來打破平常清楚而有條理的感知習慣，使之複雜而模糊，以造成綜合錯綜的感受。

三、前一種倒裝法是企圖利用倒裝來從紛雜的多種可能感受中，確立一個特定方式，這是多中取一、並強調此「一」的方向；後者則企圖在一個被習慣地接受和表達的感知方式之外，利用倒裝來同時傳達多種可能性，而使意象豐富、複雜化，這是由一呈多的方向。因此這兩種倒裝句在表達上雖然都有多種裝造可能，杜甫選用時，目的卻完全不同。

兩者都同為人類深層心理所隱含，卻又是超出一般感覺經驗的兩種方向，一個取其精微，一個取其紛雜錯綜，杜甫不但能夠以其敏銳的眼光體悟出來，並首先以詩歌形式表現出來，所以趙翼論杜詩創體時也特別舉出這兩種句式﹝註44﹞，肯定其開拓的成就。除上一節所述之外，本節所論的倒裝錯置法也為後世開啓一大法門，其中承襲此式最有名者，是韓愈的〈雪〉詩：「舞鏡鸞窺沼，行天馬渡橋。」只是此聯雖然歷來為注家所廣徵，其效果卻是「稍牽強，不若前人之語渾」﹝註45﹞，並不及原創者運用得自然。可見創新形式的意義不只在於創造力的發揮，更重要的是促成此一形式的出現背後所蘊藏的心靈情感的深微力量，因為當舊有形式都不能使某一情感感受得以恰如其分地表現出來時，才會有創新形式的相應要求，也唯有在這種「不得不然」的根基上，意義表現才能兼具新奇與自然渾成。這是我們討論杜甫塑造意象所作的形式創新時所不能忽略的。

﹝註44﹞ 見清・趙翼：《甌北詩話》卷一，收入郭紹虞輯：《清詩話續編》（臺北：木鐸出版社，1983 年 12 月），頁 1154。

﹝註45﹞ 宋・沈括語，見《景印宋本新刊校定集註杜詩》卷三十趙注所引，頁27。

第三節　當句對：交疊遞進的複合意象

　　《文鏡祕府論》東卷論對曰：「或曰文詞妍麗，良由對屬之能；筆札雄通，寔安施之巧。若言不對，語必徒申，韻而不切，煩詞枉費。」〔註46〕從對句形式有助於藻飾文詞、強化筆力以及精約語詞的角度來加以推重，並總覽前人所立詩格式，併其同、選其異，都為二十九種對，大大逾越既有之藩籬〔註47〕，使詩式益加完備，對詩的創作法度與欣賞也更為精密。其第二十種曰「當句對」，便已注意到紛羅並陳的多種對偶中一種自成一格的特殊法門，不過就其認識而言，並未能使我們充分把捉到此一對句形式的精確定義，進而掌握其對詩人驅遣文字以表達美感經驗的助力何在，因此釐定其意涵是本節首要之工作。

　　首先，空海於「當句對」此一條目下但舉例証，不立定義，其例証為：「薰歇燼滅，光沈響絕。」〔註48〕以四言體為限，頗失簡略，於五、七言體對句形式之認識泰無大助。不過其所舉詩例與洪邁所了解的大致相同，《容齋詩話》云：

> 唐人詩文，或於一句中自成對偶，謂之當句對，蓋起於《楚辭》：「蕙蒸蘭藉，桂酒椒漿。桂櫂蘭枻，斲冰積雪。」自齊梁以來，江文通、庾子山諸人亦如此。如杜詩：「小院回廊春寂寂，浴鳧飛鷺晚悠悠」，⋯⋯「養拙干戈、全生麋鹿」，⋯⋯「古廟杉松、歲時伏臘」，⋯⋯「伯仲之間、指揮若定」，⋯⋯不可勝舉。〔註49〕

由其所舉諸多詩句印證「一句中自成對偶」之界定，可知其所謂「當

〔註46〕引自唐・空海：《文鏡祕府論》（臺北：學海出版社，1974 年 1 月），頁 82。

〔註47〕《文心雕龍・麗辭篇》提出言、事、反、正四對，《詩人玉屑》卷七載初唐上官儀六對、八對之說，對詩歌之偶對技巧已有充分的自覺，分類亦愈加精密。

〔註48〕唐・空海：《文鏡祕府論》，頁 104。

〔註49〕宋・洪邁：《容齋詩話》（臺北：廣文書局，1971 年 9 月），卷二，頁 59～60。

句對」的形式構造十分寬泛，一句不論字數爲四言、五言、七言，自對者不論位置，句中只需容納可相與成對的語類、單字，便都歸之爲「當句對」之格，其定義之寬、用法之泛，甚且將習慣連用之詞組如「伯仲」、「指揮」、「干戈」、「麋鹿」……等亦列入自對的範圍，若此，則幾無詩法可供遵守、運用矣；故必裁汰冗雜，取一定式，由此入杜甫詩之堂奧，以觀其所呈顯的另一意象之美。

　　《石林詩話》曰：「唐人學老杜，惟商隱一人而已。」〔註50〕近人錢鍾書亦云：「惟義山於杜，無所不學。」〔註51〕可見李商隱涵泳杜詩，所得獨多且深，取其對「當句對」之運用而推求定義，應可得一確切準式。《李義山詩集》卷中有一七言律詩，題曰〈當句有對〉，詩云：

　　　　密邇平陽接上蘭，秦樓鴛瓦漢宮盤。池光不定花光亂，日
　　　　氣初涵露氣乾。
　　　　但覺游蜂饒舞蝶，豈知孤鳳憶離鸞。三星自轉三山遠，紫
　　　　府程遙碧落寬。

清馮浩注曰：「八句皆自爲對，創格也。」〔註52〕觀此八句自對法，可見其有一根本之語脈截斷位置，即七言句中造成上四下三兩段式並列，意義上有對照或通貫的兩段關係，兩段之間再以同類詞組彼此成對，舉其中幾句爲例：

密邇平陽	日氣初涵	池光不定	豈知孤鳳
接上蘭	露氣乾	花光亂	憶離鸞

進一步細察可見上下成對之兩詞組更精密地被安排於相對位置上，形成「平行的」對仗關係，可視爲「句中又成對句」，此即七言詩當句對最嚴格之形式。故如王力所指出的：「如係七言，往往是上四字和

〔註50〕清・何文煥輯：《歷代詩話》（臺北：漢京文化公司，1982 年 1 月），頁 403。
〔註51〕錢鍾書：《談藝錄》（香港：龍門書店，1965 年 8 月），頁 203。
〔註52〕清・馮浩：《玉谿生詩集箋注》（臺北：里仁書局，1981 年 8 月），頁 730。

下三字相對。這樣，雖然在字數上不相等，在意義上卻是頗工整的對仗。」〔註53〕正是指此而言。同時，我們可以進一步再就此八句分別出兩種不同的對仗關係，亦即「一種是字面不同的」，如平陽對上蘭，孤鳳對離鸞，「一種是有一個字相同的」，如日氣對露氣、池光對花光〔註54〕，這就是七言當句對的兩種對仗形式。本節以下論析杜詩當句對之運用、及其造成之意象特色時，便以七言詩的這兩種當句對式為討論範圍，同時一方面接受「上四字和下三字相對」的定義（即自對之詞組須分置於上四字和下三字中），另一方面卻並不要求嚴格到一如李詩「當句平行對仗」的法式；而凡合於此者，不論句之單雙、位處何聯，皆為討論對象。是為本節論析基礎。

首先舉人人傳頌的〈聞官軍收河南河北〉為例，詩曰：

劍外忽傳收薊北，初聞涕淚滿衣裳。卻看妻子愁何在？漫卷詩書喜欲狂。

白日放歌須縱酒，青春作伴好還鄉。即從巴峽穿巫峽，便下襄陽向洛陽。

此是五十二歲的杜甫於代宗廣德元年居梓州所作。顛沛流離、窮途衰老已使一心憂國思歸的詩人不放棄任何一絲微弱的光芒與希望，只要有返鄉的可能，便能以無限的渴念與狂喜使蒙罩著重重黑幕的生活綻放出無限的光彩與熱力。一如范蓥雲所言：「杜詩有以整暇勝者，有以倉卒造狀勝者。此詩之忽傳、初聞、卻看、漫卷、即從、便下，倉卒間寫出欲歌欲哭、喜極發狂之狀，使人千載如見。」〔註55〕但事實

〔註53〕見王力：《中國詩律研究》（臺北：文津出版社，1970 年 9 月），頁180。不過其所舉句例多有逸出此義之外者，且其又謂：「句中自對，而另一句不再相對。」（頁179）以及：「這種句中自對的辦法只能用於首聯的出句或對句。」（頁180）則與本節分析結果不合，為本文所不取。

〔註54〕周振甫已注意到此區別，引文見《詩詞例話》（臺北：學海出版社，1984 年 1 月），頁296。不過他也未堅持「上四下三對仗」的當句對式，與本文不合。

〔註55〕清・范蓥雲：《歲寒堂讀社》（臺北：臺灣大通書局，1974 年 10 月），卷九，頁516～517。

上，除了藉助副詞以加強動詞的效果之外，詩中對地名的頻繁而巧妙的運用，更是功不可沒，朱瀚說：

地名凡六見，主賓虛實，纍纍如貫珠，眞善於將多者。〔註56〕

而六個地名中尾聯便融鑄了四個地名，聯中各句自統攝兩地，密度極大卻不紛陳雜亂，雖雜多卻能統一，造成一氣流宕、快逸奔瀉的快感，充分顯發詩人倉卒迫切的飛想急念。此實端賴於句中自對之運用，且更進一步使自對的地名同字重出，如巴峽與巫峽，襄陽與洛陽，造成上遞下接、節奏疏快的效果；兼之以「即從、便下」、「穿、向」等動詞、副詞的指示性輔助，造成四地一脈串聯，引導出一條迅疾如飛的返鄉路線，令前面蓄積飽漲的歌哭喜泣之情得到暢快的宣洩，留下一似盡未盡的圓滿句點，使千載之下得以同感其喜躍之狀。此聯可說是詩人之情致與思力瞬間湊泊的產物，喜狂之情致推動了想像的翅膀，鍊度之思力則謀取最飽滿的表現法以輔成之，造成刹那間飛越千里，迅捷至極的流動意象。溯察此聯背後之詩心，眞是視天下如指掌，縮千里於方寸之間；又能不令人感到堆垛重疊之病，盡享「輕舟已過萬重山」的速度感，故清浦起龍許之爲杜甫「生平第一首快詩也」〔註57〕，詩之凝鍊與飛躍共融於一體，手筆如神，令人激賞。趙翼《甌北詩話》所稱：「浩氣噴薄，如神龍行空，不可捉摸。」〔註58〕於杜甫此詩洵非虛言。

杜集中當句對式之運用靈活多姿，妙態橫生，如〈江畔獨步尋花七絕句〉也展現另一種清新可喜的風貌：

江深竹靜兩三家，<u>多事紅花映白花</u>。報答春光知有處，應須美酒送生涯。（其三）

黃師塔前江水東，春光懶困倚微風。桃花一簇開無主，<u>可</u>

〔註56〕清·仇兆鰲：《杜詩詳注》卷十一引，頁 969。

〔註57〕清·浦起龍：《讀杜心解》（臺北：鼎文書局，1979 年 3 月），卷四之一，頁 628。

〔註58〕收於郭紹虞輯：《清詩話續編》（臺北：木鐸出版社，1983 年 12 月），頁 1346。

愛深紅愛淺紅。（其五）

以當句對「多事紅花映白花」、「可愛深紅愛淺紅」表現春天繁花盛開，色彩交映之狀，頗爲具體可感。尤其不避花、紅重疊運用，質樸中又能傳達新鮮貼切的感受，生動地傳達出杜甫悲老惜少、獨步尋花的愛花惜春之感。黃生評賞曰：「桃花一簇，任人玩賞，可愛其深紅乎？可愛其淺紅乎？言應接不暇也。」〔註59〕所謂「應接不暇」正道出當句對此一句式所造成的意象特色。再看〈曲江對酒〉所云：

苑外江頭坐不歸，水精宮殿轉霏微。桃花細逐楊花落，黃鳥時兼白鳥飛。

詩中以「桃花細逐楊花落，黃鳥時兼白鳥飛」兩句寫出久坐不歸的詩人眼前桃花、楊花紛紛繁落，各色鳥兒時時相兼飛起之景象，繽紛中不失閒適，沈靜中寓有無聲的熱鬧，一語道出盎然自在之天機，誦之其味無窮。其中花、鳥各自重複兩次，尤有助於聲音和視覺上順暢和繽紛之感。又〈閬鄉姜七少府設鱠戲贈長歌〉曰：

饔人受魚鮫人手，洗魚磨刀魚眼紅。無聲細下飛碎雪，有骨已剁觜春蔥。

將少府中設鱠置席時，掌廚者動作之靈活俐落、身手之熟練穩健，氣勢一氣呵成地呈現眼前，而恰如其分表現出少府尊上之身分地位；此生動俐落之意象更藉由「饔人受魚鮫人手，洗魚磨刀魚眼紅」兩句之助而充分傳達出來。另外杜甫於夔州所作〈峽中覽物〉一詩亦謂：

曾爲椽吏趨三輔，憶在潼關詩興多。巫峽忽如瞻華嶽，蜀江猶似見黃河。

扣住一「憶」字，而時空挪移，現時目前所見之巫峽、蜀江同時疊映著往昔少壯跡遊之華嶽、黃河，在回憶的牽引中擺落光陰的步履和地理的阻隔，而比類交關，直取連結詩人生命之線的兩個端點，彼此交疊互映的意象中寓有多少年華不再和流浪天涯的感慨！藉著當句對

〔註59〕清・黃生：《杜工部詩說》（京都：中文出版社，1976年6月），卷十，頁571。

式的串連，更能直接傳達其「眼中景、心中事」的縮合狀況。同此，在〈秋興八首〉之中也以當句對式縮合情思之逗引而展現了情景交融的化境：

> 瞿唐峽口曲江頭，萬里風煙接素秋。花蕚夾城通御氣，芙蓉小苑入邊愁。
>
> 珠簾繡柱圍黃鵠，錦纜牙檣起白鷗。回首可憐歌舞地，秦中自古帝王州。（其六）

首句「瞿唐峽口曲江頭」即是典型當句對式的構造，方東樹評首聯曰：「瞿塘，己所在地；曲江，所思長安地，卻將第二句迴合入妙。」〔註60〕黃生亦曰：「一二分明言在此地思彼地耳，卻只寫景。杜詩至化處，景即是情也。」〔註61〕其效果則爲吳瞻泰所指出的：「覺瞿唐曲江相隔萬里，直是一片風煙相接耳。」〔註62〕在地理空間的跳接中包蘊無限的懷思與淒涼，且爲全詩「回首」之動作點化具體方向，提挈八首主要脈絡中長安與夔府、現實與回憶之間掙扎的關鍵，其情致與思力之配合可說是完滿入化，極興詣之神矣。

除上文所舉詩例之外，杜詩運用當句對式之處實所在多有，非但盡去形式化之弊，且兼能筆勢變化，別開生面，極盡此式開發的各種可能性。以下便依前文所論當句對的兩種對仗方式，分爲兩類試加觀析：

一、自對詞組各有一字重出者：

這種句式雖然早早即見諸梁簡文帝蕭綱的「傾城且傾國，如雨復如神」（〈率爾爲詠詩〉）、北周庾信的「殘月如初月，新秋似舊秋」（〈擬詠懷詩二十七首〉之十八）、隋劉夢予的「客心還送客，悲我

〔註60〕 清・方東樹：《方東樹評今體詩鈔》（臺北：聯經出版公司，1975 年 5 月），頁206。

〔註61〕 清・黃生著，徐定祥點校：《杜詩說》（合肥：黃山書社，1994 年 5 月），卷八，頁332。

〔註62〕 清・吳瞻泰：《杜詩提要》（臺北：臺灣大通書局，1974 年 10 月），卷十二，頁644。

復悲君」（〈送別秦王學士江益詩〉）、隋魯本的「相悲不相見，幽縶
與幽泉」（〈與胡師耽同繫胡州出被刑獄中詩〉）〔註63〕諸聯，杜甫之
前不久的王維亦有「獨在異鄉爲異客」（〈九月九日憶山東兄弟〉）之
句；然而以全局觀之，卻都屬於偶一爲之的嘗試之作，不如杜甫乃
是系統性的大量運用，屬於自覺性的詩法革新，諸如：

　　新鬼煩冤舊鬼哭，天陰雨濕聲啾啾。（〈兵車行〉）

　　翻手作雲覆手雨，紛紛輕薄何須數？（〈貧交行〉）

　　即事非今亦非古，長歌激烈梢林莽。（〈曲江三章章五句〉之二）

　　黃蒿古城雲不開，白狐跳梁黃狐立。（〈同谷七歌〉之五）

　　二月已破三月來，漸老逢春能幾回？（〈絕句漫興九首〉之四）

　　時危安得眞致此，與人同生亦同死？（〈題壁上韋偃畫馬歌〉）

　　錦城絲管日紛紛，半入江風半入雲。（〈贈花卿〉）

　　不薄今人愛古人，清詞麗句必爲鄰。（〈戲爲六絕句〉之五）

　　大麥乾枯小麥黃，婦女行泣夫走藏。東至集壁西梁洋……。
　　（〈大麥行〉）

　　烏帽拂塵青騾粟，紫衣將炙緋衣走。（〈從事行贈嚴二別駕〉）

　　朱櫻此日垂朱實，郭外誰家負郭田。（〈惠義寺送辛員外〉）

　　稻米流脂粟米白，公私倉廩俱豐實。（〈憶昔二首〉之二）

　　晚將末契託年少，當面輸心背面笑。（〈莫相疑行〉）

　　戎馬不如歸馬逸，千家今有百家存。（〈白帝〉）

　　今日苦短昨日休，歲云暮矣增離憂。霜凋碧樹作錦樹，萬
　　壑東逝無停留。（〈錦樹行〉）

　　巫山不見盧山遠，松林蘭若秋風晚。（〈大覺高僧蘭若〉）

　　千崖無人萬壑靜，三步回頭五步坐。（〈憶昔行〉）

　　方冬合沓亦陰塞，昨日晚晴今日黑。（〈復陰〉）

以上詩例中，如〈兵車行〉寫兵連禍結，驅民鋒鏑，凄魂屢添，煩冤
無處得訴，以當句對式「新鬼煩冤舊鬼哭」寫出，恍然能聞無數啾啾
鬼哭紛紛逼來；〈貧交行〉的「翻手作雲覆手雨」和〈莫相疑行〉的「當

─────────────

〔註63〕四聯分見逯欽立輯校：《先秦漢魏晉南北朝詩》冊下，頁 1939、頁
　　　　2369、頁 2734、頁 2734。

面輸心背面笑」寫年少輕薄者交誼不誠無厚，翻臉如翻書的炎涼之態，讀來眞令人不寒而慄；〈同谷七歌〉的「白狐跳梁黃狐立」直將杜甫困居惡山窮谷的險絕具體表出，白狐黃狐跳立於周遭，危機四起，處處難逃；〈題壁上韋偃畫馬歌〉的「與人同生亦同死」頗能傳達馬與人患難相共的眞情；〈戲爲六絕句〉之五的「不薄今人愛古人」則將他出現在連章詩中的論詩主張如「遞相祖述復先誰」、「轉益多師是汝師」更清楚明白地道出，今人古人皆是遞相祖述、輾轉取益的目標，可見其包羅紛廣之胸襟；〈憶昔〉的「稻米流脂粟米白」表現了杜甫回憶中開元全盛時，天下昌平、倉廩豐實之盛況，那片年豐食足、脂流粟滿的勝景，相對於〈大麥行〉中「大麥乾枯小麥黃」的饑饉荒涼、民不聊生，民生狀況眞是天差地別的兩個極端，其意象之突出恍然可感；〈絕句漫興九首〉之四的「二月已破三月來」和〈錦樹行〉的「今日苦短昨日休、霜凋碧樹作錦樹」則具狀描繪出時間飛逝之速度感，一日接一日，一月接一月，碧樹轉眼爲霜所凋，人也倏忽白頭，讀來令人驚心；〈從事行〉的「紫衣將炙緋衣走」刻劃忙碌迅俐之狀，如在目前；而〈贈花卿〉之「錦城絲管日紛紛，半入江風半入雲」則能在法度之內另闢蹊徑，以清奇警拔之句寫意外變化之思，別具妙態；可以說，杜甫已嘗試了此類體式之各種可能，塑造了別具特質的意象表現。

二、自對詞組字面不同者：

> 楊花雪落覆白蘋，青鳥飛去銜紅巾。（〈麗人行〉）
> 春天衣著爲君舞，蛺蝶飛來黃鸝語。（〈白絲行〉）
> 春光潭沱秦東亭，渚蒲牙白水荇青。（〈醉歌行〉）
> 輦前才人帶弓箭，白馬嚼齧黃金勒。（〈哀江頭〉）
> 赤汗微生白雪毛，銀鞍卻覆香羅帕。（〈驄馬行〉）
> 楚宮臘送荊門水，白帝雲偷碧海春。（〈奉送蜀州柏二別駕〉）
> 爲君酤酒滿眼酤，與奴白飯馬青芻。（〈入奏行贈西山檢察使竇侍御〉）
> 南極一星朝北斗，五雲多處是三台。（〈送李八祕書赴杜相公幕〉）
> 麒麟圖畫鴻雁行，紫極出入黃金印。（〈惜別行送向卿進奉端午

御衣之上都〉〉

　　朱紱即當隨綵鷁，青春不假報黃牛。（〈舍弟觀赴藍田取妻子到
江陵喜寄三首〉之一）

　　此身漂泊苦西東，右臂偏枯半耳聾。（〈清明二首〉之二）

這類詩句於杜集中亦不少，由以上詩例即可見此種當句對式一方面造
成事物紛集、雙行並至的感受，如〈白絲行〉寫蛺蝶俱來、黃鸝叮嚀
之春色，〈清明二首〉之二寫疾病纏綿、禍不單行，即是如此；但另
外一大部分則主要是用於視覺意象的塑造上，如〈舍弟觀赴藍田取妻
子到江陵喜寄三首〉之一、〈麗人行〉、〈驄馬行〉、〈惜別行〉……等
都充分展現視覺上色彩紛然奪目之美感，藉由句中對偶的關係而融入
更多的顏色字，寫富貴能清美而不俗豔，巧緻而不匠氣，筆調於規矩
之中自有活法，耐人細詠，可說是塑造色彩意象的一大體式，可與本
章第一節互爲參看。

　　由以上眾多具體詩例及其效果分析，可以斷定杜甫乃有意識地、
自覺地運用「當句對」這種修辭技巧來表現或塑造其詩中之某種意
象，而此特殊意象的構成有兩大特色：

　　第一、組成當句對偶之詞組常複字重出，聲形重覆，如第一類詩。
此類詩雖在對偶更加緊密、講究的情況下，猶能音疊韻融、語勢流動，
使緊密的形式有舒緩的餘地，誦讀時，因爲聲音重複而更加暢快，也
因爲字形重出而強調了特定的景物意象，成爲複合意象塑造上的一大
創格。

　　第二、其所呈現的意象效果，於事物則紛然交遞，於色彩則繽紛
爛然，於空間則千里如飛，於時間則今昔一瞬。而總貫此種種效果之
中的同一機軸者，厥在其「紛至沓來、目不暇給」的動態之感；其間
意象交疊遞進，安排於一理路井然的形式中，因此雖繁複而自合一秩
序。由此發爲萬端，構造敷寫，遂各得以上所言種種事物紛集、時空
迅接及色彩繽紛之姿貌。

　　在探討杜甫對七言當句對的運用之後，我們要進一步探討此一

形式在文學史上的意義。就第一類之當句對式而言，這種自對詞組同字重出的運用方法，乃杜甫之前所罕見，以致錢鍾書指出：「此體創於少陵，而名定於義山。」〔註64〕便特指覆字重出的這一體式；《丹鉛錄》也認爲此體爲後人祖述的目標，謂：「梅聖俞『南隴鳥過北隴叫，高田水入低田流』，黃山谷『野水自添田水滿，晴鳩卻喚雨鳩來』，李若水『近村得雨遠村同，上圳波流下圳通』，其句法皆自杜來。」〔註65〕可見在杜甫大量運用以後始爲後世創立一規模法度，於詩歌技巧上開闢新人耳目的途徑，並塑造隨此技巧而來的特殊意象。也由於杜詩當句對偶之詞組複字重出之詩例甚多，因此雖然近有修辭學者認爲「即從巴峽穿巫峽，便下襄陽向洛陽」等同字重覆之類，並非當句對之佳作，應屬杜甫無意的偶然手筆〔註66〕，然而衡諸前文論證，此種意見明顯是不能成立的。後人祖述此法，更是迭有所作，除本節前面已舉之李商隱〈當句有對〉詩外，詩話中傳誦之名句亦復不少，諸如：

> 東澗水流西澗水，南山雲起北山雲。前臺花發後臺見，上界鐘聲下界聞。(中唐·白居易〈寄韜光禪師〉)
> 莫憂世事兼身事，且著人間比夢間。(中唐·韓愈〈遣興〉)
> 南軍不袒北軍袒，四老安劉是滅劉。(晚唐·杜牧〈題商山四皓一絕〉)
> 座中醉客延醒客，江上晴雲雜雨雲。(晚唐·李商隱〈杜工部蜀中離席〉)
> 縱使有花兼有月，可堪無酒又無人。(晚唐·李商隱〈春日寄懷〉)
> 活水還將活火烹，自臨釣石汲深清。(宋·蘇軾〈煎茶詩〉)
> 南嶺禽過北嶺叫，高田水入低田流。(宋·梅堯臣〈春日拜壠〉)
> 野水自流田水滿，晴鳩卻喚雨鳩歸。(宋·黃庭堅〈自巴陵入

〔註64〕錢鍾書：《談藝錄》，頁13。
〔註65〕引自清·仇兆鰲：《杜詩詳注》卷六，頁450。
〔註66〕詳見鄭子瑜：《鄭子瑜修辭學論文集》(香港：中華書局，1988年)，頁210。

通城呈道純〉〉

　　南高雲過北高宿，裏湖水出外湖流。（宋・邵長蘅〈西湖〉）

細玩各句，雕巧刻劃更有甚焉，而一總歸於杜詩堂奧，其間脫胎之
跡十分明顯。其實除此諸人之外，以此法創作過者，唐尚有元稹、
郭郳、薛能、鄭谷、周朴、韋莊、杜荀鶴、陸龜蒙、裴說……；宋
尚有王安石、邵堯夫、呂居仁、羅尚友……等共不下數十家〔註67〕，
可以說若無杜甫之創新啓迪，後起詩人能否推倡此式，殆不無疑問。
事實上，關於此點，黃山谷本人論句法即已透露此中玄機，《潛溪詩
眼》記載：

> 句法之學，自是一家工夫。昔嘗問山谷：「耕田欲雨刈欲晴，
> 去得順風來者怨。」山谷云：「不如『千巖無人萬壑靜，十
> 步回頭五步坐』。」此專論句法，不論義理，蓋七言詩四字
> 三字作兩節也。〔註68〕

山谷以為在句法上為比較之優者，正是本文所論的杜甫創格之作，由
此可知杜甫對其後詩歌創作的開拓、啓迪之功乃是昭然如揭的。杜甫
在詩國中隆地而起，涵育了群峰萬巒，每一座山尖都能遙遙引領後世
詩運的腳步，受到後人的推崇；在探析杜甫於七言當句對中別樹一格
地創立新的體式，並塑造交遞繽紛的意象之後，我們又找到了杜甫所
貢獻的一座山峰，得以進窺其偉大的成就之一。

〔註67〕諸詩人及其作品詳參錢鍾書：《談藝錄》，頁13～15及頁216～217。
　　　其他詩話如《甌原詩話》卷二、《甌北詩話》卷十二皆各有徵引，唯
　　　遠不及錢說範圍，見郭紹虞輯：《清詩話續篇》（臺北：木鐸出版社，
　　　1983年12月）。

〔註68〕見郭紹虞：《宋詩話輯佚》（北京：中華書局，1987年5月），頁330。

第五章　意象表現之特質

　　由以上各章對杜詩意象主題內涵和意象塑造方法之突破等探討，我們可以看出杜甫以詩歌抉發形象世界所作的種種努力，使意象的深度、廣度都得到了最大的拓展，也就是「比其它任何詩人都更廣大更深入地探索人類經驗的世界，而且也將該語言的領域擴大。」〔註1〕因此我們能夠充分肯定劉若愚所指出杜甫在中國詩歌意象發展史上的地位，並掌握到杜甫在生命與藝術兩方面都具有的高度成就。

　　在前面各章對杜甫重要的意象作個別分析後，本章將要做綜合融貫的工作，找出貫串於杜詩意象背後的構成因素，以及表現出來的特質。現象學家杜夫潤（Mikel Dufrenne）曾說：「作品無疑堪稱是作者的化身，它載有作者或憂或苦地簽下的、或深或淺的署名；它帶著創作歷程的烙印；它指定它的作者。……作者不在任何地方，唯有在作品之中。」〔註2〕這是對作者與作品之間關係的解答，同樣地，作品中的意象塑造之時，不但帶有作者的化身，也帶著創作歷程的烙印，因

〔註1〕〔美〕劉若愚著，杜國清譯：《中國詩學》（臺北：幼獅文化公司，1983年10月），頁149。

〔註2〕見〔法〕杜夫潤著，岑溢成譯註：〈文學批評與現象學〉，收入鄭樹森編：《現象學與文學批評》（臺北：東大圖書公司，1991年4月），頁67。

此也就具備有別於他人的表現特質。對特質的探討不但有助於了解杜甫之所以為杜甫之獨特性，更重要的是可以藉之使詩人的內在理念獲得闡發，也能對其意象塑造的一貫性得到整體掌握。發現獨特性只是表面現象的區分，而執此獨特性再進一步闡發詩人之意向（intention）和對世界的觀照態度，才算探入根源，也更具有深層意義。

　　本章便依以上的研究原則，歸納出杜甫意象塑造的幾個特質，可以得出下面三項：一是以情入物，物我同理；二是細膩緻密，體物深微，此二項特質又時時互為因果，一體呈現；第三是杜甫自許的「沉鬱」之表現；這其實也與前二者統合於一個體中，而互有內在聯繫，這在討論時將可以看到。以下便依此三項分述其義。

第一節　以情入物──「浮生之理」與「物理」合一的世界觀

　　原本詩歌創作便離不開主觀情志和客觀景物兩項條件，捨卻其中任何一項詩作都不足以成立，因此「情景交融」歷來一直是備受文學理論探討的課題。然而情有深淺之分，表現力有巧拙精粗之高下差別，觀物的方式更因人而異，因此「情景交融」的實際展現也便有種種不同的樣態。對杜甫而言，他和外物的關係並不是一般的「緣情感物」而已，還進一步將自己深入地放頓其中，由物觀我，由我體物，物我之間共具命運和情思的同一性關係。所以當他塑造意象時，便以全幅的人格精神與感情意志投入於對象之中，使外物化成心志的延伸和情感的賦形者，進而造成詩中意象的豐富深刻。以詠物為例，清李重華曾提出兩種不同的創作標準來加以軒輊：

　　詠物詩有兩法，一是將自身放頓在裏面，一是將自身站立在旁邊。〔註3〕

〔註 3〕見《貞一齋詩說》，收於清・丁福保輯：《清詩話》（臺北：源流出版社，1971 年 12 月），頁 930。

杜甫選擇的態度便是前者，仇兆鰲也說他「每詠一物，必以全副精神入之，故老筆蒼勁中時見靈氣飛舞。」〔註4〕事實上，杜甫除了一般的專題詠物之外，一般詩中出現的形象也都是經由他「將自身安頓在裏面」的詮釋染化後，所塑造出來的意象表現，一樣能充分體現其情志內容。而對杜甫「將自身放頓在裏面」一法所做的最佳詮釋，莫過於葉嘉瑩先生的闡發：

> 杜甫（除了是一位寫實詩人的巨擘）同時卻又是一位感情最爲深厚熱摯的詩人，他經常把他自己的一份強烈的感情，投注於他所寫的一切事物之上，使之因詩人的感情與人格的投注，而呈現了意象化的意味，正如我在前面所說的杜甫詩之意象化乃是「以情入物」的結果，他原來就是因了把自己的感情投入，而使一切他所寫的現實之事物意象化起來的。〔註5〕

尤其相對六朝詩人之以「將自身站立在旁邊」的旁觀角度來從事客體物的描繪而言，杜甫這種「以情入物」，用深摯沉厚之人格與感情染化對象，使之成爲具有象喻意義的意象化表現，無疑是更爲突出而能撼動人心的。因此，黃生所說：「杜詩至化處，景即是情也。」〔註6〕以及王嗣奭所謂：「於無情中看出有情。」〔註7〕等等，各評註家相類於此的評語，可以說都是一本於對杜甫「以情入物」的體悟而發的。

於此，除了發現此一特質外，我們當更進一步探究造成此一特質之原因所在。因爲熱烈之感情的發動必須經由整個人格思想的規範，才能不流於盲目或短暫，或失於粗率而狂躁，由此思想與感情的互動關係言之，就必須牽涉到杜甫生命觀、世界觀的問題了。

通常討論到杜甫感情之深摯者，大都會注意到詩人對人倫所在之

〔註4〕見清·仇兆鰲：《杜詩詳注》卷一，頁19。

〔註5〕見葉迦瑩：《迦陵談詩》（臺北：三民書局，1984年1月），頁280。

〔註6〕見清·黃生：《杜工部詩說》（京都：中文出版社，1976年6月），卷八評〈秋興八首〉之六首聯語，頁496。

〔註7〕見清·仇兆鰲：《杜詩詳注》卷九引《杜臆》評〈江漲〉語，頁747。

家國百姓深厚的摯念和顧惜，這點誠然使杜甫寫出如〈兵車行〉、〈前出塞九首〉、〈後出塞五首〉、〈哀江頭〉、〈三吏〉、〈三別〉之類的寫實佳作，並因此獲得立於多數詩人之上的地位。不過這些對象卻只是他情感投入的一個方向而已，並不構成他關懷的全部內容；於是討論者又注意到杜甫對一般生物的同情表現，讚許他仁民愛物的博大胸襟，這點固然已觸及要點，惜多泛說，不離以人爲本位的詮釋態度，未爲深論。質言之，對杜甫而言，情的發用與厚積，都基於一個對理想世界的冀求而來，這理想的世界是指所有生命都能和諧自適，不逾其分也不被侵奪的共存狀態，用他自己的話來說就是「易識浮生理，難教一物違」（〈秋野五首〉之二）一聯所包含的內容。這個「物」包含杜甫自己和自己的同類，如〈水宿遣興奉呈諸公〉的「我行何到此，物理直難齊」中，將「我」之生理歸於物理之一，即是一證〔註8〕；此外也包含世上任何的生命與存有物，每一存有物如果失去其自適應然的位置，都會令杜甫耿耿於懷，進而促使他奮筆代言，發出感歎，故有「簾戶每宜通乳燕，兒童莫信打慈鴉」（〈題桃樹〉）之殷殷叮嚀，黃生即洞察此中胸懷，指出：「此詩與五言『棗熟從人打，葵荒欲自鋤。盤餐老夫食，分減及溪魚』同意，所謂『易識浮生理，難加（案：加應作教）一物違』也。」〔註9〕而吉川幸次郎對此有更詳盡的詮釋：

> 一物，即使只是一個存在物，離開了它應處的位置，也是難以忍受的；如果這種事態發生了，就要感到抵忤。而這

〔註 8〕 另如〈樂遊園歌〉的「聖朝亦知賤士醜，一物自荷皇天慈」和〈客亭〉詩的「聖朝無棄物，衰病已成翁」，其中所言之「物」皆隱含杜甫自己，兩詩比看，其意尤爲明顯。仇兆鰲以「一物自荷皇天慈」的「物」字爲酒，不但曲折難通，兼且詩蘊不厚，頗爲可商，見《杜詩詳注》卷二，頁 103。另方瑜先生也以仇說使詩意衰顏，可尋他解，見〈寂寞與超越——試論杜甫長安出遊詩四首〉一文，收入《第一屆國際唐代學術會議論文集》（臺北：臺灣學生書局，1989 年 2 月），頁 400。

〔註 9〕 清·黃生著，徐定祥點校：《杜詩說》（合肥：黃山書社，1994 年 5 月），卷九，頁 360。

就是浮生的道理。讓所有的存在物都幸福地和諧地存在，
這樣的世界就是杜甫所理想的。為迎接這個理想的實現而
不倦地呼籲，對妨礙它的實現的種種因素不倦地抗議，這
就是存在於杜甫所有言論骨子裡的內容。〔註10〕

因此杜甫不但以所謂社會寫實詩來為受到壓榨的人民發抒不平，也以
為例甚多的詩作來抉發萬物受到的違逆其位的痛苦，例如〈麂〉詩傷
「亂世輕全物」，〈又觀打魚〉詩對「半生半死猶戢戢，……倔強泥沙
有時立」的大魚寄予無比痛惜，都莫不是出於一片深心的關懷而作，
其同情絕不亞於對人民百姓所付出者。這種類似於「難教一物違」的
自道為例不少，如：

物情無巨細，自適故其常。（〈夏夜歎〉）

物微意不淺，感動一沉吟。（〈病馬〉）

物微限通塞，惻隱仁者心。（〈過津口〉）

物微世競棄，義在誰肯徵？（〈稷拂子〉）

萬邦但各業，一物休盡取。（〈雷〉）

都是這種世界觀的告白，尤其詩例中多以「微物」來引發感慨，更能
表現杜甫澈入之深厚不遺。其他如「雨露之所濡，甘苦齊結實」（〈北
征〉）、「吾徒何為縱此樂，暴殄天物聖所哀」（〈又觀打魚〉）、「上天無
偏頗，蒲稗各自長」（〈秋行官張望督促東渚耗稻向畢清晨遣女奴阿稽
豎子阿段往問〉）等，都表現了杜甫對萬物生成之道的洞識，與他對此
一生成之道所化顯的生生之物的無比珍惜。這種無論巨細微物同為生
成之道一視同仁地沾濡（所謂「上天無偏頗」、「甘苦齊結實」）而各具
其義其理的世界觀，不但是杜甫仁民濟世大願之出發點，也是促使他
積極對一切生命投入深情注視的根本力量。仇兆鰲注〈除架〉一詩曰：

唐人工於寫景，杜詩工於摹意，「寧辭青蔓除」能代物揣分；
「豈敢惜凋殘」能代物安命，不獨〈麂〉、〈燕〉詩善訴衷

〔註10〕見〔日〕吉川幸次郎著，孫昌武譯：〈杜甫的詩論與詩〉，收入蕭滌
非主編：《唐代文學論叢》總第七輯（西安：陝西人民出版社，1986
年1月），頁57。

情也。〔註11〕

鍾伯敬亦評杜甫詠物諸詩云：

> 少陵如〈苦竹〉、〈蒹葭〉、〈胡馬〉、〈病馬〉、〈鸂鶒〉、〈孤
> 雁〉、〈促織〉、〈螢火〉、〈歸雁〉、〈歸燕〉、〈鸚鵡〉、〈白小〉、
> 〈猿〉、〈雞〉、〈麂〉諸詩，有讚羨者，有悲憫者，有痛惜
> 者，有懷思者，有慰藉者，有嗔怪者，有嘲笑者，有勸戒
> 者，有計議者，有用我語詰問者，有代彼語對答者；蠢者
> 靈，細者巨，恆者奇，默者辯，詠物至此，神佛聖賢帝王
> 豪傑具此難著手矣。〔註12〕

都指出杜甫杜甫同情力量之深厚均霑萬物，足以投入萬物生命之中，成爲他們的代言人，並不單是借物來作爲托喻和比附的媒介，發抒人的感嘆，而是從物身上體會其生命，主動透入到各種生命的存在處境中；而充分體會其生命，也就意味著對萬物生態有細密的觀察，以知其所適所苦（這種細密的觀察也是杜詩意象表現的特質之一，我們留待下一節再詳論），其胸襟甚至可說是「愛物而幾於齊物」〔註13〕了。這種體物的新方向，非但超出以物爲我所用的心物交融模式，又更能出以一片油然善意的關切體察，投入「以我顯物」的方向，才能造成如此鮮活動人的意象表現。吉川幸次郎解釋前引〈秋野〉一聯詩時，曾說：杜甫「意識到自然是『理』的根源，他對自然的眼光常新，認爲被動投映於感覺的美，無法掌握自然，應以『浮生之理』的象徵，看出其中意義。」〔註14〕黃生也謂：

> 杜公本領之大、體物之精、命意之遠，說物理物情，即從
> 人事世法勘入。學到、筆到、心到、眼到，唯其無所不到，
> 所以無所不盡也。〔註15〕

都指出杜甫對物情之理的觀察和與「浮生之理」的比照，看出人與物

〔註11〕見清·仇兆鰲：《杜詩詳注》卷七，頁615～616。

〔註12〕引自清·楊倫：《杜詩鏡銓》卷六，頁257。

〔註13〕仇兆鰲語，見清·仇兆鰲：《杜詩詳注》卷十八，頁1566。

〔註14〕見〔日〕吉川幸次郎：《杜詩論集》（東京：筑摩書房），頁204～205。

〔註15〕清·黃生：《杜工部詩說》卷五，〈猿〉詩注引汪幾希語，頁288。

同在一個大化的理中，共同顯發生存的理想和意義，因而構成了杜甫眼光的常新性和命意的深遠不盡，這也是對「物我同理」之世界觀的認識。

　　以上的分析至此可以作一總結：「以情入物」是杜詩意象表現的特質之一，由「浮生之理」與「物理」合一的世界觀出發，所謂：「細推物理須行樂，何用浮名絆此身」（〈曲江二首〉之一）、「古時君臣合，可以物理推」（〈述古三首〉之一）和「我行何到此？物理直難齊」（〈水宿遣興奉呈諸公〉）的「物理」一詞所涵攝者，才真正掌握到杜甫詩中意象的主動性和深入的感發性。這就是「以情入物」的根本動力，也是詩人「將自己放頓在對象裏面」之創作法最深刻的涵意。

第二節　細膩緻密之觀察與表達

　　《詩品·序》曰：「氣之動物，物之感人，故搖蕩性情，形諸舞詠。」〔註16〕詩是詩人心志情思與世界交感互會的產物，也是詩人在美感經驗和人格境界的範疇中，與他人傳達溝通的媒介。「而為了利用素材使人感動，首先要清晰、緻密、正確地把握做為素材輪廓的東西，並具有使之形成感動基礎的性質。」〔註17〕在經過前文對杜詩意象的分析討論後，我們可以發現，杜甫對其素材輪廓的掌握和把捉正做到了清晰、緻密和正確的地步；不但觀察的眼光更為細膩、精微，事物在詩中的呈現也更為清楚、精確，而能帶領讀者穿透世界的表層，進入到更豐富、生動的內容核心。證諸前文，不論是對色彩的視覺經驗敏銳的捕捉（第四章第一節），對紛雜而又具備某種統一的事象的掌握（第四章第三節），或對各種存在物那立體而生動之形象的體觸抉發（第二、三章），所寫出種種人人能感而人人不能道的意象，

〔註16〕見梁·鍾嶸著，楊祖聿注：《詩品校注》（臺北：文史哲出版社，1981年1月），頁1。

〔註17〕引自〔日〕吉川幸次郎著，孫昌武譯：〈杜甫的詩與詩論〉，收於蕭滌非主編：《唐代文學論叢》總第七輯，頁57。

在在都能於「緻密」這一點上得到證明。

《對床夜語》卷二所說:「老杜詩『重露成涓滴,稀星乍有無』,前輩謂此聯能窮物理之變,探造化之微。」〔註18〕更是對杜甫緻密細膩之眼光的最佳說明。因爲這種「露凝竹而成涓滴,星近月而乍有無」〔註19〕的景象,雖是物理造化之本然,但露氣凝聚而成重露,再因重而落爲涓滴的過程是漫長而細微幾不可辨的,若非一細膩的眼光去觀察、探求,如何能抉發、造作得出?對稀疏星光閃動之迅疾的把握亦然。若用比較的方法來觀察,杜詩意象表現的這個特點當更易於彰顯。比較王維之「江流天地外,山色有無中」(〈漢江臨汎〉)、李白詩「山隨平野盡,江入大荒流」(〈渡荊門送別〉),以及杜甫之「星垂平野闊,月湧大江流」(〈旅夜書懷〉)三聯詩,在相似的江流與山野景象中,經由不同詩人的著墨描繪,即傳達了不同境界個性的不同意象:王維詩表現了空靈超世、無拘無執的意象;李白所顯示的是一種空闊、孤寂荒涼的感覺,足以爲其一往不返的個性的指徵;杜甫則捕捉到景物中精微細密而又豐富能動的部分,因此具有深沉、繁複的暗示性。黃生說:「句法略同,然彼(案:指李白)止說得江山,此則野闊、星垂、江流、月湧,自是四事也。」〔註20〕即是指其豐富緻密的表現。

除此之外,從杜甫某些明顯脫化自前人,而藝術表現卻不可同日而語的詩句而言,我們若將之與六朝「原作」做一比較,便可看出其間由粗略、淺率到精細、緻密的長足飛躍的痕跡,最著名者有:

1、暝還雲際宿,弄此石上月。(宋‧謝靈運〈石門巖上宿〉)
薄雲巖際出,初月波中上。(梁‧何遜〈入西塞示南府同僚詩〉)〔註21〕

〔註18〕見臺靜農輯:《百種詩話類編》(臺北:藝文印書館,1974 年 5 月),頁 358。

〔註19〕清‧仇兆鰲:《杜詩詳注》卷十四,頁 1176。

〔註20〕見清‧黃生:《杜工部詩說》卷五,頁 262。

〔註21〕逯欽立輯校:《先秦漢魏晉南北朝詩》(臺北:木鐸出版社,1983 年 9

薄雲巖際宿，孤月浪中翻。（杜甫〈宿江邊閣〉）

2、山櫻發欲然。（梁・沈約〈早發定山詩〉）

林間花欲燃。（梁・元帝蕭繹〈宮殿名詩〉）〔註22〕

山花焰火然。（北周・庾信〈奉和趙王隱士詩〉）〔註23〕

千花敷欲然。（初唐・張九齡〈冬中至玉泉山寺屬窮陰冰閉崖
谷無色及仲春行縣復至焉故有此作〉）

山上桃花紅欲然。（王維〈輞川別業〉）

山花開欲然。（李白〈寄韋南陵冰余江上乘興訪之遇尋顏尚書
笑有此贈〉）

山青花欲燃。（杜甫〈絕句二首〉之二）

3、白鳥映青疇。（梁・沈約〈休沐寄懷〉）

鷺飛林外白。（隋煬帝〈夏日臨江詩〉）〔註24〕

江碧鳥逾白。（杜甫〈絕句二首〉之二）

白鳥去邊明。（杜甫〈雨四首〉之一）

4、黑米生菰蔣。（梁・庾肩吾〈奉和太子納涼梧下應令詩〉）〔註25〕

秋菰成黑米。（杜甫〈行官張望補稻畦水歸〉）

波漂菰米沉雲黑。（杜甫〈秋興八首〉之七）

這些詩例不但顯示出杜甫規橅前人的事實，更重要的是在比較之中，表現出他捕捉事物樣態的眼光遠為細膩、敏銳，表達內容也較為豐富精密的詩歌緻密性質。在相同篇幅容量的情形下，第一組詩例中，杜甫筆下的薄雲與月本身都各自比前作增添了棲遲留宿和孤獨翻湧的人格屬性，因此意味聳動，更耐人尋味，已如第二章所論述；第二組詩中，杜甫則強調了前兩位六朝詩人及張九齡、王維、李白等人都未

月），頁 1167、頁 1684。

〔註22〕見逯欽立輯校：《先秦漢魏晉南北朝詩》，頁 1636、頁 2041。

〔註23〕庾信此句本及楊倫本皆引作「山花焰欲燃」，誤，分見《杜詩詳注》
卷十三，頁 1135，及《杜詩鏡銓》卷十一，頁 522。當作「山花焰
火然」為是，參北周・庾信著，清・倪璠注：《庾子山集注》（臺北：
新興書局，1959 年 10 月），頁 266。

〔註24〕兩詩分見逯欽立輯校：《先秦漢魏晉南北朝詩》，頁 1641、頁 2672。

〔註25〕見逯欽立輯校：《先秦漢魏晉南北朝詩》，頁 1992，詩句一作「黑米
生菰葉」。

曾注意到的色彩對比，以及在此對比之下突顯而出的山花似欲燃放，色彩更加鮮明的生動效果。在第三組詩中，沈約與隋煬帝只對自然景象做一直接描述，沈約所謂白鳥映於青疇上，詩意極爲習常平順，而隋煬帝的「鷺飛林外白」甚至只說飛出林外之鷺鷥顯現其白色，連與之襯比的林色都未涉及；杜甫則先將江、鳥之實物與色彩屬性區分爲二，所謂江碧、鳥白，再強調兩色對比之下，白者更白的突出視覺印象，因此不僅僅只是做一客觀描述而已，甚且寓有對感官經驗的主動掌握和對現象之造成原因的反省，因此效果更加顯著。第四組詩中杜甫兩作皆勝前者，因爲在同是五言、詩意也全部相同的情況下，杜作便比庾肩吾詩多一層秋的感受，而七言句尤其有更豐富、曲折的意象表達。

　　除了上述四組詩例之外，楊萬里《誠齋詩話》還另外指出杜甫其他詩作的沿革現象，曰：「句有似古人者，亦有述之者。……陰鏗云：『鶯隨入戶樹，花逐下山風。』，杜云：『月明垂葉露，雲逐渡溪風』，又云：『水流行地日，江入度山雲』，此一聯勝。庾信云：『永韜三尺劍，長捲一戎衣』，杜云：『風塵三尺劍，社稷一戎衣』，亦勝庾矣。」〔註26〕不過，此中雖指出承襲變化之跡與其間高下之評比，卻未明何以優劣之故；比較之下，陳師道《後山詩話》所指出的就值得我們注意了：

> 余登多景樓，南望當徒，有大白鳥飛近青林，而得句云：「白鳥過林分外明。」謝朓亦云：「黃鳥度青枝」，語巧而弱；老杜云：「白鳥去邊明」，語少而意廣。〔註27〕

所謂「語少而意廣」正是杜詩緻密性的最佳註解。以此爲標準，前面第二組詩所附引的王維詩「山上桃花紅欲燃」就因語較多而意未更廣，便不能稱爲緻密的表現了。因此陳師道又說：

〔註26〕引自清・丁福保輯：《歷代詩話續編》（臺北：木鐸出版社，1983 年 8 月），頁 136。

〔註27〕引自華文宣編：《杜甫卷：唐宋之部》（臺北：源流出版社，1982 年 5 月），頁 148。

世稱杜牧「南山與秋色，氣勢兩相高」爲警絕，而子美才
用一句，語益工，曰：「千崖秋氣高」也。〔註28〕

同樣地，《休齋詩話》亦云：

予初喜杜紫微「南山與秋色，氣勢兩相高」語，已乃知出
於老杜「千崖秋氣高」，蓋一語領略盡秋色也。〔註29〕

都著重在杜甫以更少的文字，卻表現得內容更爲豐富詳盡，意味更加
雋永深美，這都是細膩的觀察眼光加上緻密的語言表達所造成的。如
此，吉川幸次郎對杜甫詩歌的緻密性所作的說明就很值得我們參考：

杜甫的詩，終究是感情激烈的詩。他希求一切存在的協調共
存，在政治思想上，他常常希求變革現實，因而他的詩常常
是激烈的。但是這種激烈的言辭並沒有它往往帶有的笨拙、
粗率，而常常是緻密的。這就形成了他那種把作爲人間事實
的自然界的事實窮究到極細緻之處的熟視，形成他在心中咀
嚼所看到的事物的熟慮，當用語言來表現這一切的時候，就
形成了非常緻密的語言。而在表達上的緻密，並不與理智的
計算相對立，因此，他又是作對句的名家。〔註30〕

這種「感情激烈」卻又能將事物窮究到極致的熟視熟慮所形成的「緻
密」體悟，一則與前一節所提到的「以情入物」的意象特質一貫，
因爲唯其情感熱烈，才能徹底投入對象之中，充分「隨物以婉轉，
亦與心而徘徊」〔註31〕，心、物之間無絲毫間二，而能即物即情、
即物即心；一則在表達爲文字時，又能冷靜理性地善用媒介，使之
不但免於粗率、直露，反而得到最大的發揮，這也是上引吉川氏文
中所指示的第二個重點：杜甫詩歌的「緻密性」同時表現在語言的
表達——即對句形式的高度運用上，這的確是研究杜甫詩藝十分值

〔註28〕引自華文宣編：《杜甫卷：唐宋之部》，頁148。
〔註29〕見郭紹虞：《宋詩話輯佚》（北京：中華書局，1987年5月），頁484
　　　～485。
〔註30〕〔日〕吉川幸次郎著，孫昌武譯：〈杜甫的詩論與詩〉，頁57～58。
〔註31〕《文心雕龍·物色篇》，梁·劉勰著，周振甫注：《文心雕龍注釋》（臺
　　　北：里仁書局，1984年5月），頁845。

得注意的一點。

　　事實上，杜甫在對偶形式運用中造成意象的緻密表現，早在宋朝羅大經便已注意到了，他在《鶴林玉露》中便對〈登高〉一詩之腹聯「萬里悲秋常作客，百年多病獨登臺」兩句做過精細的分析，指出此短短一聯之中，竟能豐富地包蘊至八層涵意：

> 萬里，地之遠也；秋，時之悽慘也；作客，羈旅也；常作客，久旅也。百年，齒暮也；多病，衰疾也；臺，高迥處也；獨登臺，無親朋也。十四字之間含八意，而對偶又精確。〔註 32〕

每一層涵意都更強化、深化前面一層涵意，八層涵意彼此環環相扣、輾轉累進，終於將蓄積於杜甫胸中無比的艱難苦恨，逐步推向潦倒悲愁的最高顛峰，形成震動人心的沈重力量。所謂：「他鄉作客，一可悲；經常作客，二可悲；萬里作客，三可悲；又當蕭瑟之秋日，四可悲；當此重九佳日，別無可樂之事，唯有登臺望鄉，五可悲；親朋凋謝，獨自登臺，六可悲；扶病登臺，七可悲；所抱之病又屬經常性及多樣性的，八可悲；光陰可貴，人生不過百年，如今年過半百（作此詩時作者五十六歲），卻落得這般光景，九可悲。」〔註 33〕其第九層可悲之感即來自於全聯詩句融鑄的整體意象；有了八層涵意一重強過一重的撞擊，才造就了詩人「干戈衰謝兩相催」（〈九日五首〉之一）那具體而沈悲濃烈的形象感受。這種以最精簡的文字開發最大內容量的可能性，可以說，非賴對詩歌對偶形式的高度運用不足以達成；唯有依靠對偶語組之間的勾連層疊和相互支持，而「安排在嚴謹的對句中時，它們獲得了各自單獨存在時不可能有的新鮮的力量」〔註 34〕。

〔註 32〕宋·羅大經：《鶴林玉露》（臺北：臺灣開明書店，1975 年 4 月），卷十一，頁 16。

〔註 33〕見陳文華：《不廢江河萬古流——杜甫詩賞析》（臺北：偉文圖書公司，1978 年 9 月），頁 80。

〔註 34〕見〔美〕劉若愚著，杜國清譯：《中國詩學》（臺北：幼獅文化事業公司，1983 年 10 月），頁 183。

如此，劉若愚所說杜甫以聯想將意象密切地結合在一起的特質（參第一章第一節）也就得到了證明，這也是緻密的一種表現。

黃國彬曾比較李、杜詩意象表現的不同，他說：「李白的意象較直接，杜甫的意象較曲折，李白的意象簡單而透明，杜甫的意象繁複而詭譎。」〔註35〕所謂的曲折、繁複、詭譎，其實都是涵括於細膩緻密這一特質中的種種詩歌表現或讀者印象。杜甫不但掌握了事物在時空之中所呈現的最細緻的變化狀態，而表現了其熟視眼光的緻密性；也因爲對偶句中涵攝的物象豐富飽合，使得詩作整體也得到了內容涵蘊上的緻密表現力。簡言之，眼光細膩觀察入微、語少意廣而對偶精確，共同構成了細膩緻密的表現，兩者又常混不可分，一體兩面地造成杜詩意象突出而生動感人的效果。用杜甫自己的話來說，就是「情窮造化理」（〈八哀詩·贈李邕〉）、「毫髮無遺憾」（〈敬贈鄭諫議十韻〉）、「纖毫欲自矜」（〈寄峽州劉伯華使君四十韻〉）和「咫尺應須論萬里」（〈戲題王宰畫山水圖歌〉）的努力和實踐，因爲欲窮造化理，所以眼光細膩深微，而沒有纖毫之失；而要有咫尺萬里的效果，便須對偶精密，語少意廣，可見杜甫對自己的詩歌創作是有著充分自覺的。這是分析杜詩意象特質的第二個重點。

第三節　沈鬱悲涼

杜甫在天寶十三年的〈進鵰賦表〉中提到個人詩風或境界時，便以沈鬱自許，表曰：「臣之述作，雖不能鼓吹六經，先鳴數子，至於沈鬱頓挫，隨時敏捷，楊雄枚皋之徒，庶可企及也。」〔註36〕這裡的「沈鬱」指的是寄託聖思、文意深湛〔註37〕，可以說是他篤守儒業之

〔註35〕見黃國彬：《中國三大詩人新論》（臺北：源流出版社，1983 年 4 月），頁 183。

〔註36〕見清·仇兆鰲：《杜詩詳注》卷二四，頁 2172。年代考訂亦依仇注。

〔註37〕此定義依照蕭麗華：《論杜詩沈鬱頓挫之風格》所言，師大中文所 75 年碩士論文，頁 38。

誓願與憂思的一端。此一自許與杜甫一生遭遇聯結後，在詩作表現上所透顯的沈鬱之感，更是後代詩家執以論杜的一個特質，如嚴羽《滄浪詩話》說：「子美不能爲太白之飄逸，太白不能爲子美之沈鬱。」〔註38〕便是最著名之一例。吳瞻泰即曾解釋沈鬱之義爲：「少陵自道曰沈鬱頓挫，其沈鬱者意也，頓挫者法也，意志而法亦無不密，以意逆志，是爲得之。」〔註39〕，這是從情思意念這一方面來解釋「沈鬱」的，朱偰云：「少陵自許沈鬱頓挫，碧海鯨魚，是其詩之特長，論其個性，亦猶是也。……少陵蓋近於憂鬱性者，故憂思甚深。」〔註40〕則指出「沈鬱」是個性憂鬱及憂思深廣的表現。這一片深沈廣大的憂思悲感與詩歌對象相湊泊時，便染化爲一個又一個沈鬱的意象，因此在探討杜甫詩中的意象問題時，袁行霈也以沈鬱來總括其意象表現的特質〔註41〕。經由一番審視後，我們以爲：對社會民生的憂懷、個人生涯的流離窮蹇，以及身爲詩人的寂寞感是造成沈鬱特質的三個來源，以下本節便依此分述之。

對社會民生之憂懷已在本章第一節約略述及，在杜甫「難教一物違」的世界觀下，安史之亂及其後緊接而來的吐蕃入寇，百姓失所、國家危殆，都是秉具仁愛情性與「致君堯舜」之理想的杜甫所耿耿憂念的。反映於詩歌中，便大有「不眠憂戰伐，無力正乾坤」（〈宿江邊閣〉）之感，干戈兵甲、戎馬戰伐、時危、喪亂等詞語也時時躍入詩中〔註42〕，直接加強詩歌沈重難開之鬱情。嚴羽於「太白不能爲子美

〔註38〕見宋・嚴羽著，郭紹虞注：《滄浪詩話校釋》（臺北：里仁書局，1987年4月），頁168。

〔註39〕見清・吳瞻泰：《杜詩提要》（臺北：臺灣大通書局，1974年10月），〈評杜詩略例〉，頁19。

〔註40〕見朱偰：《杜少陵先生評傳》（臺北：東昇出版社，1980年4月），頁111。

〔註41〕其〈中國古典詩歌的意象〉一文曰：「杜甫的風格，與他詩中一系列帶有沉鬱色調的意象聯繫在一起。」收入袁行霈：《中國詩歌藝術研究》（北京：北京大學出版社，1987年6月），頁66。

〔註42〕以統計數字來算，「干戈、兵革、兵戈、兵甲」等語詞合計約七十五

之沈鬱」後接著道：「子美〈北征〉、〈兵車行〉、〈垂老別〉等，太白不能作。」便是以對社會現實之憂懷來解釋杜甫的沈鬱的。楊倫指杜甫樂府詩作超越六朝，所謂：「自六朝以來，樂府題率多摹擬剽竊，陳陳相因，最為可厭。子美出而獨就當時所感觸，上憫國難，下痛民窮，隨意立題，盡脫去前人窠臼，〈茖華〉、〈草黃〉之哀，不是過也。」〔註43〕也是出以同一個角度而言的。其實非獨樂府，在其他大多數作品中一樣能找到這種憫國難、痛民窮的哀感，這正是構成杜詩沈鬱特質的一個因素。而將萬民之愴痛收籠於一己襟抱，不但擴大悲思之厚積，也強化了沈鬱的力量，達到前人所未臻的詩歌層次，如胡震亨所指出：「以時事入詩，自杜少陵始。」〔註44〕也說明杜甫以時事之艱危企成沈鬱內容的歷史地位。

　　在此家國傾覆、覆巢之下無完卵的依存關係中，一介微官的杜甫，其生涯也隨之漂蕩無依，竟至於伴風塵以終，而風塵、亂離、蕭條、羈旅、淹留、艱難、窮愁、衰謝、轗軻等固定詞語也大量流露詩中，構成詩人形象的一個背景〔註45〕。就杜甫生事之困蹇餒乏而言，王安石在〈杜甫畫像〉一詩已有概括性的說明：

> 惜哉命之窮，顛倒不見收。青衫老更斥，餓走半九州。瘦妻僵前子仆後，攘攘盜賊森戈矛。〔註46〕

這是從整部杜集中總結出來的詩人形象，頗能生動描繪出杜甫一生困

次，「戎馬」一詞出現約二十五次，「戰伐」一詞約十四次，「時危」一詞約二十二次，「喪亂」一詞約十八次。此統計以《杜詩鏡詮》為底本依據，用作參考，下文其他統計亦同。

〔註43〕見清・楊倫：《杜詩鏡詮》卷五，頁225。

〔註44〕見明・胡震亨：《唐音癸籤》（臺北：木鐸出版社，1982年7月），頁275。

〔註45〕戰亂與行旅兼可使用的「風塵」一詞出現約四十六次，「蕭條」一詞約二十二次（其他尚有「蕭瑟」十三次），「艱難」一詞約二十二次（其他尚有艱虞、艱危、艱險等未計），「衰謝」一詞約十二次，「淹留」一詞約十三次。

〔註46〕見華文宣編：《杜甫卷：唐宋之部》（臺北：源流出版社，1982年5月），頁80。

頓的遭遇；投射於詩中意象，便多有沈鬱色調之濡染了，此參前面各章可知。

在以上所言的兵戈戰亂背景上，杜甫「致君堯舜上，再使風俗淳」之理想一再落空，自己本身又顛仆道路，為謀衣食而飄轉風塵之中，不但不能兼濟天下，尚且不得獨善其身；途窮路難，未來渺不可知，此時唯一可自主地執守實踐的便僅有詩歌創作之志業了，〈立春〉詩所說：

> 巫峽寒江那對眼，杜陵遠客不勝悲。此身未知歸定處，呼
> 兒覓紙一題詩。(代宗大曆二年，五十六歲)

指的正是此意，且與早年所作〈樂遊園歌〉中的「此身飲罷無歸處，獨立蒼茫自詠詩」〔註47〕遙遙呼應，可作為杜甫自覺地以詩為己業的證明。但即使在這一最後據點上，詩人仍感到無限的孤寂悲意，所謂「應共冤魂語，投詩贈汨羅」(〈天末懷李白〉)即以尚友古人來透出人世知音難尋之感。就杜甫身為詩人的寂寞直接傾吐於詩作中者便有多處，諸如：「君意人莫知，人間夜寥闊」(〈夜聽許十一誦詩愛而有作〉)、「高枕虛眠晝，哀歌欲和誰」(〈夔府書懷四十韻〉)、「百年歌自苦，未見有知音」(〈南征〉)、「定知深意苦，莫使眾人傳」(〈寄岳州賈司馬六丈巴州嚴八使君兩閣老五十韻〉)、「感彼危苦詞，庶幾知者聽」(〈同元使君舂陵行〉)、「同調嗟誰惜，論文笑自知」(〈贈畢四曜〉)、「且有元戎命，悲歌識者知」(〈贈崔十三評事公輔〉) 以及「已知仙客意相親，更覺良工心獨苦」(〈題李尊師松樹障子歌〉) 等，創作者不論是自己還是別人，對象不論是詩歌還是繪畫，只要涉及創作範疇，杜甫都從中感到知音難覓的寂寞和作品中所寄寓之用心的深切；而由於用心深切卻又知音難尋，使得具有清楚的「詩人之自覺」的杜甫〔註48〕更感到個人生命道路的寂寞和艱辛，流露於作為其一生志業

〔註47〕此詩作於玄宗天寶十年，杜甫四十歲，時居長安。參孟伉主編：《杜甫年譜》。

〔註48〕關於此點，除前文所涉及外，亦可詳參〔日〕小川環樹著，譚汝謙編：

中唯一之肯定的詩歌創作中，便自然表現出沈鬱的感受，此觀前引例
句裡多「悲」、「苦」字亦可窺知。〈空囊〉詩說：「世人共鹵莽，吾道
屬艱難。」所謂「艱難」的「吾道」正是兼具現實的濟世、生事之途，
與個人精神面的創作之路兩方面而言。因此「此身飲罷無歸處，獨立
蒼茫自詠詩」一聯中所透露的，在天地無限蒼茫中唯有「詩」是生命
的終極歸宿，而執此歸宿時卻又無比孤獨之感，不但預示了杜甫一生
的命運，也正是對他整個生命的形象化寫照。

　　杜甫憂思深廣、義蘊沈厚，陳廷焯《白雨齋詞話》所說：「沈者
不浮，鬱者不薄。」、「所謂沈鬱者，意在筆先，神餘言外。」〔註49〕
劉熙載《藝概》亦云：「杜詩高、大、深俱不可及，吐棄到人所不能
吐棄爲高，涵茹到人所不能涵茹爲大，曲折到人所不能曲折爲深。」
〔註50〕都一方面肯定杜甫涵茹深廣，義蘊沈厚，一方面又指出表達
上含蓄而曲折的筆法，使那充盈而又激烈的憂思與情感得到節制，
不流於浮薄淺率，這也才稱得上「沈鬱」。若更進一步推求，「沈鬱」
的內涵中，在這些「莊嚴的悲感、深廣的憂思、含蓄的義蘊」〔註51〕
之深層，實更應以杜甫對創作一途自覺之寂寞感爲基礎，才能造成
詩歌中意味深遠的沈鬱表現，因爲只有寂寞地面對詩歌創作，詩才
不會淪爲發洩積鬱的媒介；而在詩人不得不創作又意識到知音難尋
時，才能充分轉向自己的內心，冷靜客觀地面對自己深廣熾熱的情
思，和這個情思所投入的對象，因而培養出緻密的眼光，使自己深
廣熱烈的情思得到充分卻含蓄的表達。鈴木大拙所說：「遭受的痛苦

　　《論中國詩》（香港：香港中文大學出版社，1983 年 10 月）第七章。
　　另「寂寞」、「寂寥」二詞在杜集中也各出現有約二十七次、十五次
　　之譜，可做背景參考。
〔註49〕分見清·陳廷焯：《白雨齋詞話》（臺北：臺灣開明書店，1982 年 3 月），
　　頁 2、頁 3。
〔註50〕見清·劉熙載：《藝概》（臺北：廣文書局，1974 年 10 月），卷二，
　　頁 6。
〔註51〕此乃蕭麗華對「沈鬱」一詞的定義，見《論杜詩沈鬱頓挫之風格》，
　　第二章。

愈多，你的性格就會愈深沈，而由於性格的深沈，你就更能透入生命的奧祕。」〔註52〕也可說明社會民生以及一己生活上的種種磨折、和個人精神上知己無人的寂寞這種種痛苦，都能促進詩人沈鬱的個性和風格，而培養出窮究生命奧祕的眼光。如此，沈鬱的特質又與細膩緻密的表現有相關之處了。

人類的存在莫不追求價值和意義，而價值和意義的彰顯卻必然在有了大我和小我的區分意識，以及隨此區分而做出超越世俗的理想性抉擇後才能產生。對杜甫而言，他一生所服膺的儒家志業和創作理想，都不是在坦蕩光明之途中理所當然造就出來的人生道路，而是從無窮的困阨磨難，和固執著大我之志業理想所帶來的寂寞中產生的自覺之堅持；唯其如此，其心彌堅，其志彌厲，其性愈厚，而其情也愈苦，表現於創作中便沾濡一片沈鬱之感，成為詩歌意象的一個基調。

詩具備的感發生命，是詩歌力量的來源〔註53〕，也唯有從詩之感發性質的深淺厚薄，才能確實掌握到詩人的偉大程度。奠基於杜甫詩作背後時時汩流而出的沈鬱的力量，正是造成其詩中意象如此表現的因素之一，因而也是我們所認取的一大特質。

〔註52〕見〔日〕鈴木大拙：《禪與生活》（臺北：志文出版社，1981 年），頁26。

〔註53〕此本葉嘉瑩先生之說，參〈中國古典詩歌中形象與情意之關係例說〉，收入《迦陵談詩二集》（臺北：東大圖書公司，1985 年 2 月）。

結　論

宋代秦少游〈進論〉曾曰：

　　杜子美之於詩，實集眾家之長，適當其時而已。昔蘇武、
　　李陵之詩，長於高妙；曹植、劉公幹之詩，長於豪逸；陶
　　潛、阮籍之詩，長於沖澹；謝靈運、鮑照之詩，長於峻傑；
　　徐陵、庾信之詩，長於藻麗。子美者，窮高妙之格，極豪
　　逸之氣，包沖澹之趣，兼峻傑之姿，備藻麗之態，而諸家
　　之作所不及焉。然不集諸子之長，子美亦不能獨至於斯也，
　　豈非適當其時故耶！……孔子之謂集大成，嗚呼！子美亦
　　集詩之大成者歟！〔註1〕

從文學發展上來肯定杜甫集大成的成就，頗能把握其內在意義：若無
前人之皋壤，則杜甫不能成其高；然杜甫本身之努力卻也不能忽略，
何況當其適會而出，融鑄眾長自成一家時，其成就又遠非前人所能比
擬。這個現象對「意象」的塑造來說，也是同樣的道理。

　　黃生曾說：

　　山谷學杜，得其皮毛，不得其神髓；得其骨幹，不得其筋
　　節。其筋節在裝造句法，其神髓在意匠經營。〔註2〕

〔註1〕引自宋・魏慶之：《詩人玉屑》（臺北：世界書局，1980 年 10 月），
　　　頁 300～301。
〔註2〕清・黃生：《杜工部詩說》（京都：中文出版社，1976 年 6 月），頁
　　　12。

從二、三兩章對意象主題的分析，我們可以看出杜甫在意象使用上的
「意匠經營」之處，不但把前人涉及的意象都作了更深刻鮮明的呈
現，並擴及前人未曾措意的方向，而大大豐富了同一主題意象的表
達，如竹、花、月等意象都是如此。此外，就整體意象範圍來看，杜
甫也容納了更多前人不曾留意的對象，如〈除架〉、〈廢畦〉、〈白小〉、
〈觀打魚歌〉、〈縛雞行〉……等都是很好的例子。在第四章，我們則
找出杜甫在詩歌「裝造句法」上的創體，來討論他在意象表現上超越
前人的努力，使意象感受有更精微的傳達，這些都足以看出杜甫在「意
象」範疇上，也同樣稱得上集大成的地位，並不限於風格、詩法方面
而已。這是我們在杜詩意象研究中得到的要點之一。

　　其次，在對個別意象主題做縱向分析時，我們可以注意到不同時
代詩人對塑造意象之態度都是不同的，例如《詩經》中的意象如竹、
花、月、鶩鳥等，都較為清新而明朗，洋溢著素樸曉暢的氣息；〈古
詩十九首〉中意象則反映了悲愁的生命感受，較具哀苦的意味。兩個
時代的詩歌意象都較屬於簡單自然而又切近原始生命的天然展現，表
達方式也較為直接，可以說是不曾經過刻意「塑造」的構作工夫；六
朝時，特別是南朝隋朝，詩歌越來越有經營的痕跡，在意象運用和修
辭技巧上都開拓更多的空間，而有警奇出新的意象表現。劉勰曾曰：
「自近代以來，文貴形似，窺情風景之上，鑽貌草木之中。」〔註3〕
對物象形似的追求的確是意象更加精工的要因之一。

　　對於杜甫，意象之經營又進一步，不但在形象描摹方面更工於
體物，甚至於「把歷來文學中被當成賦的任務的『體物瀏亮』、描寫
的明晰緻密吸收到自己的詩中。這是重要的改革。」〔註4〕又能充

〔註3〕梁・劉勰著，周振甫注：《文心雕龍注釋》（臺北：里仁書局，1984
　　　年5月），頁846。
〔註4〕參〔日〕吉川幸次郎著，孫昌武譯：〈杜甫的詩論與詩〉一文，收入
　　　蕭滌非主編：《唐代文學論叢總》第七輯（西安：陝西人民出版社，
　　　1986年1月），頁65。關於此點，其文有更詳盡的論證說明，可參
　　　看。

分反映其情志意向，達到梅聖俞所評價：「狀難寫之景如在目前，含不盡之意見於言外」的境界；而一個意象，如鷗鳥、大鯨、鷙鳥等，能夠持續、多方地塑造，一方面超出前朝個別詩人偏於零星使用的傾向，使偶然的外物能夠變成持續而強烈的意象主題，一方面也擴大觀物的角度和深度，使意象所表達的生命經驗更形豐富深刻，這都顯示杜甫對意象經營有著更加積極的態度。杜甫曾在〈江上值水如海勢聊短述〉說：

為人性僻耽佳句，語不驚人死不休。

〈解悶十二首〉之七也說：

陶冶性靈存底物，新詩改罷自長吟。

以詩為陶冶性靈之物，又耽於佳句的創造；要求語出驚人，也就不憚修改，直到聲諧意足，令自己滿意、也足以驚人的地步；這些話都顯示杜甫是自覺而積極地在從事詩歌創作的。因此趙翼在《甌北詩話》卷二中謂：

（杜甫）其本領仍在少陵詩中「語不驚人死不休」一句。蓋其思力沉厚，他人不過說到七八分者，少陵必說到十分，甚至有十二三分者，其筆力之豪勁，又足以副其才思之所至，故深人無淺語。……思力所到，即其才分所到，有不如是則不快者。此非性靈中本有是分際，而盡其量乎？〔註5〕

這種不同的創作態度也是決定詩歌意象表現的因素。就個別作品而言，並不必然有優劣的比較；但從整體來看，其間的差異仍能顯示出文學的發展是大略趨向於自覺地創造的，這也可以補充所謂「集大成」的意義。這是我們以「縱向」的主題學研究法探討杜甫詩歌意象後，所獲得的結論，可以從另一個角度來確立傳統上賦予杜甫之地位，作為「集大成」之說的一個新的證明。

〔註5〕郭紹虞輯：《清詩話續編》（臺北：木鐸出版社，1983年12月），頁1151。

參考書目

一、古典經傳詩集

1. 《詩集傳》，宋・朱熹（臺北：藝文印書館，1974 年 4 月）。

2. 《詩經釋義》，屈萬里著（臺北：中國文化大學出版部，1980 年 9 月）。

3. 《周易王韓注》（臺北：臺灣中華書局）。

4. 《莊子集釋》，戰國・莊子者、清・郭慶藩注（臺北：漢京文化公司，1983 年 9 月）。

5. 《左傳》，戰國・左丘明（臺北：藝文印書館，十三經注疏本，1982 年 8 月）。

6. 《列子》，東晉・張湛注（臺北：藝文印書館，1975 年 9 月）。

7. 《漢書》，東漢・班固（臺北：鼎文書局，1991 年 9 月）。

8. 《文選》，梁・昭明太子蕭統撰、唐・李善等注（臺北：華正書局，1986 年 7 月）。

9. 《增補六臣註文選》，梁・昭明太子蕭統撰、唐・李善等注（臺北：華正書局，1980 年 9 月）。

10. 《漢魏六朝百三家集》，明・張溥編（臺北：新興書局，1963 年 2 月）。

11. 《先秦漢魏晉南北朝詩》，逯欽立輯校（臺北：木鐸出版社，1983 年 9 月）。

12. 《全唐詩》，清・康熙御定（臺北：臺灣商務印書館，文淵閣四庫全

書本)。

13. 《唐宋詩舉要》,高步瀛選注(臺北:藝文印書館,1970 年 9 月)。

14. 《陶淵明集》,晉・陶淵明著、逯欽立校注(臺北:里仁書局,1985 年 4 月)。

15. 《庾子山集注》,北周・庾信著、清・倪璠注(臺北:新興書局,1959 年 10 月)。

16. 《晉書》,唐・房玄齡等(臺北:鼎文書局,1992 年 11 月)。

17. 《景印宋本新刊校定集注杜詩》,唐・杜甫著、宋・趙次公等注(臺北:故宮博物院,1985 年 10 月)。

18. 《錢牧齋先生箋註杜詩》,唐・杜甫著、清・錢謙益注(臺北:臺灣大通書局,1974 年 10 月)。

19. 《杜工部詩集》,唐・杜甫著、清・朱鶴齡注(京都:中文出版社,1977 年 2 月)。

20. 《杜詩詳註》,唐・杜甫著、清・仇兆鰲注(臺北:漢京文化事業公司,1984 年 3 月)。

21. 《杜詩鏡銓》,唐・杜甫著、清・楊倫注(臺北:漢京文化事業公司,1983 年 9 月)。

22. 《白居易集》,唐・白居易(臺北:漢京文化公司,1984 年 3 月)。

23. 《玉谿生詩集箋注》,唐・李商隱著、清・馮浩箋注(臺北:里仁書局,1981 年 8 月)。

24. 《舊唐書》,五代・劉昫等撰(臺北:鼎文書局,1977 年 6 月)。

25. 《蘇軾詩集》,宋・蘇軾著、清・王文誥集註、孔凡禮點校(北京:中華書局,1987 年 10 月)。

26. 《欒城集》,宋・蘇轍(臺北:臺灣中華書局)。

27. 《定盦文集》,清・龔自珍(臺北:臺灣商務印書館,四部叢刊本)。

28. 《杜甫卷:唐宋之部》,華文宣編(臺北:源流出版社,1982 年 5 月)。

29. 《杜臆》,明・王嗣奭(臺北:臺灣中華書局,1986 年 11 月)。

30. 《杜臆增校》,明・王嗣奭撰、曹樹銘增校(臺北:藝文印書館,1971 年 10 月)。

31. 《杜工部詩說》,清・黃生(京都:中文出版社,1976 年 6 月)。

32. 《杜詩說》,清・黃生撰、徐定祥點校(合肥:黃山書社,1994 年 5 月)。

33. 《讀杜詩說》,清・施鴻保(臺北:臺灣中華書局,1986 年 11 月)。

34. 《讀杜心解》，清‧浦起龍（臺北：鼎文書局，1979 年 3 月）。

35. 《杜詩提要》，清‧吳瞻泰（臺北：臺灣大通書局，1974 年 10 月）。

36. 《杜詩論文》，清‧吳見思（臺北：臺灣大通書局，1974 年 10 月）。

37. 《歲寒堂讀杜》，清‧范輦雲（臺北：臺灣大通書局，1974 年 10 月）。

38. 《金批杜詩》，清‧金聖嘆（臺北：盤庚出版社，1978 年 9 月）。

二、歷代文論詩話

1. 《文心雕龍注釋》，梁‧劉勰著、周振甫注（臺北：里仁書局，1984 年 5 月）。

2. 《中國歷代文論選》（臺北：木鐸出版社，1981 年 4 月）。

3. 《詩品注》，梁‧鍾嶸著、汪中注（臺北：正中書局，1982 年 9 月）。

4. 《詩品校注》，梁‧鍾嶸著、楊祖聿注（臺北：文史哲出版社，1981 年 1 月）。

5. 《文鏡祕府論》，唐‧釋空海（臺北：學海出版社，1974 年 1 月）。

6. 《司空圖詩品詩課鈔》，唐‧司空圖著、清‧鍾寶學課鈔（臺北：廣文書局，1982 年 8 月）。

7. 《滄浪詩話校釋》，宋‧嚴羽著、郭紹虞釋（臺北：里仁書局，1987 年 4 月）。

8. 《鶴林玉露》，宋‧羅大經（臺北：臺灣開明書店，1975 年 4 月）。

9. 《苕溪漁隱叢話》（前後集），宋‧胡仔（臺北：長安出版社，1978 年 12 月）。

10. 《詩人玉屑》，宋‧魏慶之（臺北：世界書局，1980 年 10 月）。

11. 《容齋詩話》，宋‧洪邁（臺北：廣文書局，1971 年 9 月）。

12. 《宋詩話輯佚》，郭紹虞（北京：中華書局，1987 年 5 月）。

13. 《瀛奎律髓彙評》，元‧方回選評、李慶甲集評點校（上海：上海古籍出版社，1986 年 4 月）。

14. 《唐音癸籤》，明‧胡震亨（臺北：木鐸出版社，1982 年 7 月）。

15. 《帶經堂詩話》，清‧王士禎（臺北：廣文書局，1971 年）。

16. 《白雨齋詞話》，清‧陳廷焯（臺北：臺灣開明書店，1982 年 3 月）。

17. 《藝概》，清‧劉熙載（臺北：廣文書局，1974 年 10 月）。

18. 《昭昧詹言》，清‧方東樹（臺北：廣文書局，未註出版年月）。

19. 《方東樹評今體詩鈔》，清‧方東樹（臺北：聯經出版公司，1975 年

5 月）。

20. 《評古詩選》，清‧方東樹（臺北：聯經出版公司，1975 年 5 月）。

21. 《說詩晬語詮評》，清‧沈德潛著、蘇文擢詮評（臺北：文史哲出版社，1985 年）。

22. 《古詩源》，清‧沈德潛輯（臺北：臺灣中華書局，1981 年）。

23. 《甌北詩話》，清‧趙翼（臺北：廣文書局，1971 年 9 年）。

24. 《文史通義》，清‧章學誠（臺北：臺灣中華書局 1981 年）。

25. 《歷代詩話》，清‧吳景旭（臺北：臺灣商務印書館，影印文淵閣四庫全書本）。

26. 《歷代詩話》，清‧何文煥輯（臺北：漢京文化有限公司，1982 年 1 月）。

27. 《歷代詩話續編》，清‧丁福保輯（北京：中華書局，1983 年 8 月）。

28. 《清詩話》，清‧丁福保輯（臺北：明倫出版社，1971 年 12 月）。

29. 《清詩話續編》，郭紹虞輯（臺北：木鐸出版社，1983 年 12 月）。

30. 《百種詩話類編》，臺靜農輯（臺北：藝文印書館，1974 年 5 月）。

31. 《全唐詩索引‧李白卷》（北京：現代出版社，1995 年）。

三、杜甫研究專著

1. 《杜甫年譜》，劉孟伉主編（臺北：學海書局，1978 年 9 月）。

2. 《杜甫研究論文集》第一輯（北京：中華書局，1962 年 12 月）。

3. 《杜甫研究論文集》第二輯（北京：中華書局，1963 年 2 月）。

4. 《杜甫研究論文集》第三輯（北京：中華書局，1963 年 9 月）。

5. 《杜甫研究專集》（上海：上海中國語文學社，1969 年 9 月）。

6. 《杜詩散繹》，傅庚生（香港：建文書局，1971 年 9 月）。

7. 《杜詩欣賞》，孫克寬（臺北：臺灣學生書局，1974 年 9 月）。

8. 《杜甫秋興八首集說》，葉嘉瑩集注（臺北：國立編譯館，1978 年 4 月）。

9. 《杜少陵先生評傳》，朱偰（臺北：東昇出版社，1980 年 4 月）。

10. 《杜甫戲為六絕句集解》，郭紹虞（臺北：木鐸出版社，1982 年 6 月）。

11. 《不廢江河萬古流──杜甫詩賞析》，陳文華（臺北：偉文圖書公司，1978 年 9 月）。

12. 《杜甫和他的詩》，由毓淼（臺北：臺灣學生書局，1982 年 2 月）。

13. 《中國三大詩人新論》，黃國彬（臺北：源流出版社，1983 年 4 月）。

14. 《杜甫詩論叢》，金啓華（上海：上海古籍出版社，1985 年 1 月）。

15. 《杜甫夔州詩析論》，方瑜（臺北：幼獅文化事業公司，1985 年 5 月）。

16. 《杜甫與六朝詩人》，呂正惠（臺北：大安出版社，1989 年 5 月）。

17. 《隋唐五代史》，呂思勉（臺北：里仁書局，1977 年）。

四、現代文學批評

1. 《談藝錄》，錢鍾書（香港：龍門書店，1965 年 8 月）。

2. 《文藝心理學》，朱光潛（臺北：臺灣開明書店，1980 年 11 月）。

3. 《西方美學史》，朱光潛（臺北：漢京文化事業公司，1983 年 3 月）。

4. 《中國詩律研究》，王力（臺北：文津出版社，1970 年 9 月）。

5. 《中國文學論集》，徐復觀（臺北：臺灣學生書局，1974 年 10 月）。

6. 《中國藝術精神》，徐復觀（臺北：臺灣學生書局，1983 年 1 月）。

7. 《中國文學論集續篇》，徐復觀（臺北：臺灣學生書局，1984 年 9 月）。

8. 《中國詩學縱橫論》，黃維樑（臺北：洪範書局，1977 年 12 月）。

9. 《中國古典文學論文研究叢刊·詩歌之部》，柯慶明編（臺北：巨流圖書公司，1979 年 10 月）。

10. 《古典詩的形式結構》，張夢機（臺北：尚友出版社，1981 年 12 月）。

11. 《鷗波詩話》，張夢機（臺北：漢光文化事業公司，1984 年 5 月）。

12. 《中國古代文學創作論》，張少康（北京：北京大學出版社，1983 年 12 月）。

13. 《詩詞例話》，周振甫（臺北：學海出版社，1984 年 1 月）。

14. 《中國文學發達史》，劉大杰（臺北：臺灣中華書局，1984 年 11 月）。

15. 《中國古典詩歌評論集》，葉嘉瑩（未注明出版資料）。

16. 《迦陵談詩》，葉嘉瑩（臺北：三民書局，1984 年 1 月）。

17. 《迦陵談詩二集》，葉嘉瑩（臺北：東大圖書公司，1985 年 2 月）。

18. 《字句鍛鍊法》，黃永武（臺北：臺灣商務印書館，1984 年 9 月）。

19. 《詩與美》，黃永武（臺北：洪範書局，1984 年 12 月）。

20. 《中國詩學·設計篇》，黃永武（臺北：巨流圖書公司，1989 年 11 月）。

21. 《中國詩學・思想篇》，黃永武（臺北：巨流圖書公司，1989 年 11 月）。

22. 《鄭子瑜修辭學論文集》，鄭子瑜（香港：中華書局，1988 年）。

23. 《主題學研究論文集》，陳鵬翔編（臺北：東大圖書公司，1983 年 11 月）。

24. 《比較文學理論與實踐》，張漢良（臺北：東大圖書公司，1986 年 2 月）。

25. 《現象詮釋學與中西雄渾觀》，王建元（臺北：東大圖書公司，1988 年 2 月）。

26. 《現象學與文學批評》，鄭樹森編（臺北：東大圖書公司，1991 年 4 月）。

27. 《解除世界魔咒》，沈清松（臺北：時報文化公司，1984 年 8 月）。

28. 《文學美綜論》，柯慶明（臺北：長安出版社，1986 年 10 月）。

29. 《中國山水詩研究》，王國瓔（臺北：聯經出版公司，1986 年）。

30. 《中國詩歌藝術研究》，袁行霈（北京：北京大學出版社，1987 年 6 月）。

31. 《文學概論》，王夢鷗（臺北：藝文印書館，1989 年 8 月）。

32. 《詩與畫的界限》，〔德〕萊辛（Gotthold E. Lessing）著、朱光潛譯（臺北：蒲公英出版社，1985 年 4 月）。

33. 《美學》第二、四冊，〔德〕黑格爾（Georg Wilhelm Friedrich Hegel）著、朱光潛譯（臺北：里仁書局，1983 年 3 月）。

34. 《文學論——文學研究方法論》（*Theory of Literature*），〔美〕韋勒克（René Wellek）、華倫（Austin Waren）合著，王夢鷗、許國衡譯（臺北：志文出版社，1976 年 10 月）。

35. 《禪與生活》，〔日〕鈴木大拙（臺北：志文出版社，1981 年）。

36. 《中國詩學》，〔美〕劉若愚著，杜國清譯（臺北：幼獅文化事業公司，1983 年 10 月）。

37. 《中國文學理論》（*Chinese Theories of Literature*），〔美〕劉若愚著、杜國清譯（臺北：聯經出版公司，1985 年 8 月）。

38. 《論中國詩》，〔日〕小川環樹著、譚汝謙編（香港：香港中文大學出版社，1986 年）。

五、單篇論著與學位論文

1. 〈評李杜詩〉，傅庚生，收入羅聯添編，《中國文學史論文選集》（三）（臺北：臺灣學生書局，1986 年 9 月）；另見《杜甫研究論文集》

第一輯（北京：中華書局，1962 年 12 月）。

2. 〈杜甫的病〉，樸人（《自由談》二十二卷三期，1971 年）。

3. 〈論唐詩的語法用字與意象〉，〔美〕梅祖麟、高友工合著，黃宣範譯，《中外文學》第一卷第十期～第十二期，1973 年 3 月～1973 年 5 月）。另收入中外文學編輯部：《中國古典文學論叢・冊一・詩歌之部》（臺北：中外文學月刊社，1976 年 5 月）。

4. 〈分析杜甫的秋興〉，〔美〕梅祖麟、高友工合著，收入黃宣範編：《語言學研究論叢》（臺北：黎明文化公司，1974 年 5 月）。

5. 〈浣花溪畔草堂閒〉，方瑜，中國古典文學研究會主編：《古典文學》第二集（臺北：臺灣學生書局，1980 年 12 月）。

6. 〈寂寞與超越──試論杜甫長安出遊詩四首〉，方瑜，《第一屆國際唐代學術會議論文集》（臺北：臺灣學生書局，1989 年 2 月）。

7. 《中國文化新論・文學篇二：意象的流變》導言，蔡英俊主編（臺北：聯經出版公司，1982 年 9 月）。

8. 〈南朝詩的修辭特色〉，王次澄，中國古典文學研究會主編：《古典文學》第四集（臺北：臺灣學生書局，1982 年 12 月）。

9. 〈春的悅豫與秋的陰沉──試用佛萊「基型論」觀點析杜甫的「客至」與「登高」〉，黃維樑，中國古典文學研究會主編：《古典文學》第七集（臺北：臺灣學生書局，1985 年 8 月）。

10. 〈中國古典詩中的傳釋活動〉，葉維廉，中國古典文學研究會主編：《古典文學》第七集（臺北：臺灣學生書局，1985 年 8 月）。

11. 〈先秦文學中楊柳的象徵意義〉，鍾玲，中國古典文學研究會主編：《古典文學》第七集（臺北：臺灣學生書局，1985 年 8 月）。

12. 〈風格〉，覃子豪，收入《論現代詩》（臺北：普天出版社）。

13. 〈杜甫與飲酒〉，〔日〕吉川幸次郎，《杜詩論集》（東京：筑摩叢書）。

14. 〈杜甫的詩論與詩〉，〔日〕吉川幸次郎著、孫昌武譯，蕭滌非主編：《唐代文學論叢總》第七輯（西安：陝西人民出版社，1986 年 1 月）。

15. 〈中國山水詩的空間經驗時間化〉，王建元，王建元：《現象詮釋學與中西雄渾觀》（臺北：東大圖書公司，1988 年 2 月）。

16. 〈閱讀過程中的被動綜合〉，〔德〕衣沙爾（Wolfgang Iser）著、岑溢成譯，鄭樹森編：《現象學與文學批評》（臺北：東大圖書公司，1991 年 4 月）。

17. 〈文學批評與現象學〉，〔法〕杜夫潤（Mikel Dufrenne）著、岑溢成

　　譯註，鄭樹森編：《現象學與文學批評》（臺北：東大圖書公司，1991
　　年4月）。

18. 《六朝「風格論」之理論與實踐探究》，蔡英俊（臺大中文所 68 年
　　度碩士論文）。

19. 《論杜詩沉鬱頓挫之風格》，蕭麗華（師大中文研究所 75 年碩士論
　　文）。

20. 《詩經中草木鳥獸意象表現之研究》，文鈴蘭（政大中文所 75 年碩
　　士論文）。